游于藝 跨文化美食

郑培凯 著

ZHEJIANG UNIVERSITY PRESS

浙江大学出版社

图书在版编目(CIP)数据

游于艺·跨文化美食 / 郑培凯著. —杭州:浙江
大学出版社,2018.8
ISBN 978-7-308-18477-9

Ⅰ.①游… Ⅱ.①郑… Ⅲ.①随笔—作品集—中国—
当代 Ⅳ.①I267.1

中国版本图书馆 CIP 数据核字（2018）第 176148 号

游于艺·跨文化美食

郑培凯 著

封面题字	郑培凯
特约策划	姜爱军
责任编辑	罗人智
责任校对	闻晓虹
封面设计	周 灵
出版发行	浙江大学出版社
	（杭州市天目山路 148 号　邮政编码 310007）
	（网址：http://www.zjupress.com）
排　　版	杭州林智广告有限公司
印　　刷	浙江海虹彩色印务有限公司
开　　本	880mm×1230mm　1/32
印　　张	6.625
字　　数	148 千
版 印 次	2018 年 8 月第 1 版　2018 年 8 月第 1 次印刷
书　　号	ISBN 978-7-308-18477-9
定　　价	49.00 元

目　录

甲编　　跨文化美食

乙编　　游于艺

跨文化美食

跨文化美食

　　某教授学贯中西，以治学谨严著称，做学问一丝不苟，对一个标点符号都要仔细斟酌半天，才能定案。不久前请客，先到饭店去进行实地调查，协同夫人一道，一个菜一个菜吃过来，又和经理商量，沙盘推演了一番，终于定下宴请大计。由于宾客都上了年纪，安排的是精致清淡的美食。

　　宴请前一天，打电话来，跟我研究喝酒配菜的认识论与方法学。他说，江南人讲究吃，一向都喝黄酒，可是他在巴黎一段时间，经高手指点，终于发现，喝白葡萄酒更配精致的中国菜。现在有些中国人赶时髦，讲究喝红酒配精致中国菜，要某某年某家酒窖的波尔多，其实不对的。好的红酒，发酵酿制后的葡萄酒味太浓，适合大块的牛羊肉，或是红烧肉，不适合细致烹调的菜式。喝一口浓郁的 cabernet sauvignon 或 shiraz，甚至 merlot，酒香刺激味蕾的同时，就掩盖了精致美食的淡雅灵动。不过，也不是所有的白葡萄酒都好，一定得是法国的 sauvignon blanc，别的不灵。我说，高论高论，举双手赞成，不过有点补充，算是注脚后面再加的附注。意大利的 pinot grigio 也不错，淡雅爽口，还稍带一丝水果的芳香，最适合江南佳肴与广东海鲜了。法国的 Macon，虽是 Chadonnay 葡萄所酿，走的却是清淡的路子，与美国加州出产的浓郁型的 Chadonnay 口感不同，也适合中国的精致美食。他听了大乐，说，就这么定了，明天喝法国的 sauvignon blanc。

　　宴请的朋友都是研究学问的，虽然不一定研究过酒，可是一听到喝酒的认识论与方法学，个个精神振奋，参与讨论，亦可见得学问之道触类旁通，一以贯之。大家都赞赏教授的意见，认为白葡萄酒适合中国精致菜式。一般人在宴会上喝的白酒，是白干烈酒，过瘾是过瘾，可实在不适合配搭美食。一杯茅台或高粱下肚，饮者呲牙咧嘴，攒眉苦脸，哪里还能享用美味？勉强配个大葱爆羊肉，再咬一口饸面馒头，就像小青年塞上耳机听摇滚乐一样，算是过尽了穷瘾，离美食的境界还远。就有人提出，洋人喝酒的方式也好，是"自由行"，比较适合美食品味，可称之曰"自由喝"，想喝就喝一口，自由自在，十分随意，正好配合自己对美味的品赏。不像中国人喝白干，自己想小啜一口，先得敬人，我敬你一尺，你敬我一丈，那就非干了这一杯不行，干了小杯还不行，还得敬一大杯才合乎人情礼貌。小杯换大杯，大杯换海碗，不醉不归，一醉方休，如何欣赏美食？

最后得到共识，吃饭喝酒皆学问，都得心存"四么"：问个是什么，为什么，什么场合，怎么吃。想要享用精致美食，就得一丝不苟做学问，研究口腹享受还不够，还得"上穷碧落下黄泉，动手动口品美味"，上升到跨文化领域才行。

巧克力

最好吃的巧克力在比利时，已成公论。 所以，到布鲁塞尔的时候，就抽空走访了几家驰名的巧克力铺子，如 Leonidas、Godiva 等。

其实，布鲁塞尔满街都是巧克力店，三步一岗，五步一哨，守卫着这座并不怎么美丽的城池。 虽然此城现为欧盟总部，倒从来没人担心过外国武力的侵略，不担心会重蹈当年被希特勒闪电战占领的覆辙。 现在"入侵"的是潮水般的观光客，而且大多属于亚洲来的"七日五国游"之类的游客，在比利时只有一天，于是涌入巧克力店，买点世界第一的巧克力作纪念品，带回国内，以骄其亲戚乡里。

观光客涌入的巧克力店，一般标榜物美价廉，四盒十欧元，三盒九欧元，以量贩取胜。 所卖的巧克力虽然不错，还算新鲜，但在各国机场的免税商店中都可见到，特别是塑成海蜇与海马形状的那一种，掺了不少可可之外的植物油，与世界第一的距离，大概和亚洲到比利时的航程一样远。

要找世界第一的巧克力，得造访布鲁塞尔皇家美术馆旁边的沙布龙区（Sablon）。 在璀璨巍峨的沙布龙圣母院尖塔的庇佑下，有个小广场，环绕着广场有些典雅的店铺，其中就有两家巧克力铺子。 一旦尝了这里的巧克力，就跟食了禁果一样，不但毕生难忘，还可能改变你的人生态度。

老铺叫威他玛（Wittamer），开创于 1910 年，也就是清朝灭亡前一年。 新铺叫皮埃尔·马克里尼（Pierre Marcolini），是老铺学徒出师之后自立的门户。 因为老铺恪守传统，别无分号，不像新铺有现代企管经营的理念，在伦敦、东京、巴黎都说有分店，所以，我便走进了威他玛。

店内当然是琳琅满目，美不胜收。我买了一大盒什锦、一包松露巧克力、一板白巧克力，以及零星各式甜点。不便宜，五十欧元左右，比大路货要贵好几倍。

放入嘴里，这才知道什么叫比利时巧克力，香甜糯滑不说，那芬芳馥郁的口感好像还有一种精神提升的魔力，让你觉得伊甸园中的禁果，大概也不过如此。甚至让你暗下决心，从此不再去碰那些胆敢僭称"巧克力"的垃圾。不禁想建议那些纤体人士，尝尝威他玛的巧克力吧，"曾经沧海难为水"，从此不再想吃糖。

咱家的

　　这些年来中国的餐饮业流行"咱家的"一词，从南到北都有连锁式的"咱家的东北人""咱家的河南人""咱家的山东人"之类的饭店，其目的当然是希望顾客感到宾至如归，像回到家一般自在，吃得舒服，常常来。"咱家的"三个字有乡土气，令人感到纯朴可亲，没有故作矜持的架子，不像前一段时间在台北与香港流行的"私房菜"，给人一种窥视姨太太下厨、纤手调羹汤的分享富贵人家隐私的快感。

　　在布鲁塞尔，有家饭店也叫"咱家的"，法文原名是Comme chez soi，意即"像在自己家一样"，名称十分乡气，好像引车卖浆者流都可以进去饱餐一顿。其实全不是那么回事，这间"咱家的"，是上层人士、衣冠缙绅者流的"咱家"，随便吃一顿，总得每人两百欧元，因此，阮囊羞涩的平民百姓只好望着"咱家的"金字招牌（那招牌真的是大大的三个金字），过屠门而大嚼。

　　不过，"咱家的"菜确实是好吃，而且经常别出心裁，有神来之笔，让你觉得，咱家那两百欧元，花得值。我有次出差到布鲁塞尔，品尝过海鲜套餐，全套共六种菜式，另加三种点心，真是应接不暇。尝了鱼子酱、清新的大王蟹肉、黄咖喱淡渍的虾肉、剑鱼冷盘、香酥蒜茸衬托的元贝、干煸鱼柳与香料浓郁的蚌肉之后，主菜上来了，是魔鬼鱼两吃，色香味俱全，还配有一些袖珍的蔬菜，如芦笋、洋葱、秋葵，像精心设计的雕塑。

　　"咱家的"菜，咱家做不来。

地狱厨房

　　住纽约时，过一段时间总会到"地狱厨房"（Hell's Kitchen）走走，因为有位写剧本的好友住在那里。好友是我刚到美国就认识的同窗，后来转到康奈尔大学研究人类学，印度尼西亚语说得极好，曾担任过联合国的翻译。他写博士论文期间，突然厌倦了学术生涯，决定以文学创作为职志，要体验生活，就来了纽约，住到鱼龙混杂的"地狱厨房"。为了深入了解人生百态，探测都市的脉搏，他开过计程车，当过地盘工，做过木匠，担任过导游，做过杂志编辑，还教过星象学，真是混迹三教九流，体验了纽约的光怪陆离。

　　他住在第九大道上，街对面有一栋旧楼，临街的楼梯上总是坐着一群游手好闲、不似善类的年轻人。有的穿迷彩裤，上罩一件闪光的 T 恤；有的套一件皮背心，露出肩膊上的骷髅刺青。毫无例外，手执一个外罩纸袋的酒瓶，大模大样，好整以暇，观望眼前的车水马龙。好像是坐在跑马场的看台上，观赏流动的街景，像一阵阵赛马奔驰而过，十分惬意。朋友说，那栋楼是个毒窟，进进出出的"品类"极为复杂，楼梯上坐着张望的人，兼有放哨与把关之职责。警察常来探访，却也无可奈何，因为楼里还有秘道通向相连的屋宇。不过，也偶有触目惊心的场景。他就亲眼看到一个人跌跌撞撞，半摔半爬下楼梯，腰间插着一把利刃，鲜血汩汩染红了衣襟与裤腿。这就是"地狱厨房"的佐料，供他写进剧本。

　　不过，"地狱厨房"也真有厨房的一面，让我享受过不少美味佳肴。朋友隔壁就是家老字号，专售意大利食品，各种各样的火腿、腊肠、芝士、橄榄油、香醋，琳琅满目。 更精彩的是每天刚出炉的意大利萨摩林那面包，上面沾满了芝麻，外脆内松，既有嚼头，又爽滑滋润。 叫老板现切几片稍带辣味的维洛纳大腊肠，加一层当天制作的新鲜马苏里拉芝士，再配上油泡的干西红柿，点缀两片烤透的红海椒，滋味饱满却又隽永，使我怀想起维洛纳的古罗马剧场在夏夜演出歌剧的风光。后来附近开了爱美（Amy's）面包铺，简直是家面粉创意店，你能想出的花样都有，想不出的也有。 我最常买的是黑橄榄燕麦面包，爱那一丝苦涩后的回甘；是带麸皮的帕玛火腿丁面包，爱那粗犷的面瓤与馥郁细致、肉香交织的口感与气息；是充满了核桃仁的荞麦小面包，渗出闪亮芳香的油光。

　　"地狱厨房"还有许多别具风味的小馆，我们也会对着美酒，缅怀求学期间无忧无虑的日子。

合法海鲜

　　到波士顿，总要吃海鲜，而驰名远近的是所谓"波士顿龙虾"。其实，波士顿早已发展成现代都会海港，附近海域污染得差不多了，就算有人养殖龙虾，你敢吃吗？17世纪清教徒移民新大陆的时候，波士顿海边的确满是龙虾，钓取方便。曾读早期清教徒日记，说波士顿南面的普利茅斯海湾，波涛之下全是鱼虾，捞取之便，胜于耕种。龙虾径尺实属平常，好几尺长也不为怪，真是主恩眷顾云云。不过，作者感慨，后来打捞太过，就不是"俯拾皆是"了。现在的波士顿龙虾，多来自北方的缅因州及加拿大沿海诸省，好在属于近邻，运送方便，倒还算不上珍稀之物，平民百姓还吃得起。

　　三十多年前初到波士顿，是个穷留学生，师兄师姊请客，说请吃龙虾，不禁大为错愕。想他们不过早来两年，怎么就已经腰缠万贯，请吃"山珍海味"了？几个人沿着哈佛的后街走到茵梦广场，附近都是些旧房子，看来居民都属劳工阶级，好像走进了狄更斯小说的场景。眼前一栋两层楼的饭店，毫无装潢可言，朋友说这就是"合法海鲜店"（Legal Seafoods），是城中最为价廉物美的好地方。价格真的还算合乎我心目中的法理，一客热腾腾的大龙虾，索价六块半美金，煮得火候恰到好处，丰腴鲜嫩。一口咬下去，像春天刚上市的小黄瓜，爽脆。然后就感到肉质的弹牙韧性，鲜嫩多汁，有待咀嚼。原来口感完全不似小黄瓜，倒像刚出土的冬笋。蘸着稍带酸味溶化了的牛油，吃得有滋有味，大快朵颐。

　　合法海鲜店生意好得不得了，不接受订座，因此，排队排个把钟头是家常便饭。 后来再去，总要先吃点东西垫垫饥，否则饥肠辘辘，上菜时如饿殍夺食、狼吞虎咽，像猪八戒吃人参果，不辨好坏，何不去麦当劳？老板是犹太人，算盘打得精，创始了"先付账，后上菜"的"合法"程序。 理由冠冕堂皇，说为免顾客用餐之后等着侍者算账，浪费时间。 我们都说，哪里是为顾客着想，只是怕人吃了不付钱，嘴上抹油，脚底也抹油。 再来就发了，财源滚滚，开了许多分店，成了饮食业的巨擘。

近来到波士顿开会，请学生吃饭，就近在酒店大商场的"合法海鲜"用餐。 店里的装潢虽不豪华，却十分考究，是体面人衣冠楚楚的出入场所了。 坐下来点菜，咦，也不先收钱了，不为顾客着想，不怕浪费我们的时间了。 大概钱赚多了，也就不必遵守"合法"程序。

不过，海鲜还是好，新鲜爽口，十分"合法"。

外国厨子

邀请了一批文友评审青年写作征文，中午聚在一起用餐。因为是工作简餐，只有 A、B 两种选择，A 是牛肉，B 是鱼块，都很寡味。章大姐不禁大发感叹，说这个西餐就是不好吃，你们来北京，我带你们吃去，包管你们吃得满意。我也算是常去北京了，怎么都无缘吃到荡气回肠的佳肴呢？哪一家饭馆值得去，说说。大姐眉毛一挑，说不是吃馆子，是吃厨子，你跟着我，管保你吃好的。吃喝嫖赌，我样样在行，跟着我没错。我立即纠正，不是"吃喝嫖赌"，是"吃喝玩乐"，修辞有误。大姐反应极快，笑得像一朵花，没错，就是吃喝嫖赌，全在行。我不禁小声咕嘟，什么嫖赌，吹呢。她冲着我笑，像在揶揄我的创意想象不够，囿于学院派的实证主义。

工作餐实在难吃，引得大家批评。章大姐又接上了，说西餐就是楞大一块牛排，血淋淋的。美国没好吃的，说到烹调艺术，那还是归咱中国菜。我说，也不能那么武断，美国也有好吃的西餐。我就吃过好些美味佳肴，念念不忘。大姐可能以为我又在挑刺，语带挑衅反问，你说说看，美国西餐有什么好菜，有哪家好馆子？我说，跟北京一样，不是吃哪个菜、哪个馆子，是吃厨子。一句话把她给闷住了。

三十年来美国烹调起了大革命，先是源自加州的伯克利。Alice Water 继承了欧陆的烹调传统，却强调用本地新鲜材料。市场没有供应，就请农户种植，品种创新。她的 Chez Panisse（潘尼斯之家），就按季节时令供应佳肴，什么物料当令可口，就因料制宜，使出浑身解数，把做菜当作艺术创作，化餐点为色香味俱全的创意精品。 加州烹调的道理，其实跟中国菜的最高境界是一样的，因此，厨子不但要继承传统，还得花心思钻研，学而时习之，温故而知新，要开发大自然提供的物料，把烹调当作艺术，下厨时就跟作诗画画一样，要全心投入，全力以赴。 我吃过的最佳美味、见识过的最高明厨艺，出自芝加哥的 Charlie Trotter。 他的菜式没有定谱，每天早上到市场去挑最上等新鲜的鱼虾菜蔬，配合特殊渠道的供应，到了晚上才印出当晚餐单，吃客坐上桌才知道今晚吃什么。 你是来吃他的厨艺，不是点你想吃的菜。 好吃吗？真好吃。

　　章大姐说，下次去美国，得去试试。 我说，别忘了，至少要在两三个月前订位，不然吃不到。

沙哈迪南北货

沙哈迪（Sahadi）这名字，一听，就带点阿拉伯味，罩着一层神秘的面纱，令人想入非非。幻想引出心魔，眼前是春光中一片海市蜃楼，在撒哈拉沙漠，摇漾着荡人心魄的的柔靡乐音，有美人兮，露肚皮而赤双趺，佩璎珞而起舞。有时则想到阿里巴巴和四十大盗，喊声芝麻开门，一扇石门就自动开启，窟内金银珠宝闪得眼瞳都发疼，好像遭人喷了胡椒雾一样。其实，沙哈迪这一家子，不一定是阿拉伯人，有朋友说他们是黎巴嫩人，来自号称"小巴黎"的贝鲁特，有可能是阿拉伯化了的犹太人。

沙哈迪这一家在纽约市布鲁克林高地开了间食品杂货铺，专卖地中海地区食物，从 1948 年开业，迄今快六十年了。铺子不大不小，两张十尺来宽的门面，有点纵深，架上琳琅满目，充满了馥郁芬芳又令人垂涎的异国情调。怎么发现这家铺子的？实在说不清了，少说也是二十多年前的事，只模模糊糊记得进了这家铺子，有一种童年走进老南北货商号的温馨与恍惚。当时好像买了鹅肝酱、山羊奶酪、茄子酱、希腊人爱吃的奶酪鲑鲞酱之类，都是常见的地中海地区食品。还买了一条看来十分优雅苗条的法国面包及状似女士披肩围巾的阿富汗烘饼。

所有的食物都新鲜可口，绝不输上西区美食店"贼巴"（Zabar），而且货真价实，有的居然便宜一半。最让我倾心的，是那一条一尺宽四尺长的阿富汗烘饼，发面，咬下去却有嚼头，饼面薄薄抹了一层油，疏淡如春天的山岚，比阿拉伯的披塔烙饼好吃多了。 心想，阿富汗离地中海很远，阿富汗饼怎么混进地中海食品店的？不过，店中还有挪威的烟熏鲑鱼、比利时的巧克力、罗马尼亚的果酱，也就不再追问。

　　因为这条烘饼别处没见过，时不时总来光顾，成了沙哈迪的常客。 搬到香港之后，还时常怀念。 最近路过纽约，专程到沙哈迪去了一趟，景物依旧，却不见了阿富汗烘饼。 原来的阿富汗师傅不做了，没了供应，也不知道是不是跟他家乡的战事有关，老板说。

伊努娜饭店

在哈佛开研讨会，担任一场主席，四位讲者，有两位是与哈佛渊源甚深的旧识，另外两位哈佛出身，是学生辈。有人提起，二十年前在同一场地开会，群贤毕至，老少咸集。少的是我们自己，老的则有王浩、赵如兰、张光直、余英时、许倬云、黄仁宇等前辈，济济一堂，颇有古代讲会之风。当年座下听讲者，今天却登台上座演讲，不胜今昔之感。不禁想到在哈佛期间，时常与张光直一道午餐，有两家饭店是经常光顾的。一是麻省大道上的"海豚"，吃鱼；另一家则是哈佛广场的"伊努娜"，吃西班牙土菜。

这家西班牙饭店，蛰处在哈佛广场南侧，紧贴着学生宿舍，有条窄巷通肯尼迪大道，巷口有块招牌，是黑漆铸铁的，上书 Iruña，十分不醒目。据说店主一家是古巴的西班牙人后裔，卡斯特罗当政之后，流亡到波士顿。菜式几十年不变，总是热蒜头汤、冷蒜头汤、红泥瓦盅墨汁小卷、胡萝卜炖牛肉（也装在瓦罐里）、炸猪排、炸鱼排之类的大路货，说不上美食，却也可口。饭店有一大好处，安静平易，正好聊天。有时我们就喝着没什么滋味的咖啡，谈考古学新发现如何重新诠释古文献，也曾遐想殷商的祖先与玛雅祖先是否"姑表兄弟"。

想到昔日受业之情，就提议到伊努娜去吃午餐，算我担任主席的情谊，一同怀念前辈学人风范。穿过哈佛园，沿着小街，从后巷到达饭店门口。景物依旧，是一栋老木屋改装的，仍然鬃着橘褐色，一点也不现代，更不要说后现代了。

屋前还是旧栏杆，走上几级木阶，推开一扇玻璃木门，进入了熟悉的餐厅。 地板还是老旧的颜色，隔间亦如往昔，只是每张桌上铺着雪白的桌巾，极上等的质料，让我感到，老店也"与时俱进"了。

打开餐牌一看，不对。 这菜式不仅是全换了，而且不同寻常，是时髦的欧美合璧新烹饪。 再仔细看看，原来饭店已经换了主，菜名都改了，菜价贵了一倍，有炙小牛肉配山羊奶酪与曝干番茄、干煎带子配醋溜豆芽、三色野味腊肠、芦笋菠菜蛋饼等前菜，还有鸡、鸭、鱼、肉各种细致烹调的主菜。 味道不错，不过，西班牙的土菜情调没有了，记忆中的言谈笑貌没有了衬托的背景，只好跟几位同桌说，人事全非，物亦不是，所余者，只有这栋屋宇仍旧、地板仍旧、安静仍旧。

出门走下木阶，正对着窄巷出口，看到黑漆铸铁的招牌，"Iruña"几个大字，仍旧悬在寒风中。

西班牙小吃

十几年前，曾在巴塞罗那逗留一星期，除了一次演讲，便无所事事，把城里逛了个遍。景观印象最深的，当然是高迪的建筑，特别是那千姿百态的"圣家赎罪"大教堂及郊区的高迪公园。大教堂尚未修竣，后院堆积着建材，却未清楚标明"闲人免进"，让人有一种试探危险的冲动。其实，高迪大教堂的潜在风格，就是从违反平衡的危险结构中，摆出千奇百怪的姿态，让人感到"如临深渊，如履薄冰"，由畏惧而生崇敬，就像人类祖先畏惧雷电风雨，而萌生敬神的虔心。

景观之外，印象最深的则是西班牙小吃 tapas。我住在旧城区，离城中老街的街市不远。这街市不但卖日常所见的鸡鸭鱼肉与蔬果，还卖野味，到处吊着灰褐色的野兔与彩羽的山鸡，好像 17 世纪油画的标本。更精彩的是，街市摊贩之中夹杂着各类的小吃摊，有专门经营糕点的，有专做早餐的，还有大小餐点兼营的小馆，颇似香港在早茶及午茶之间提供点心及酒茶的酒楼。经朋友推荐，我找到一家最具特色的小吃店，以《木偶奇遇记》的主角匹诺曹为名，不知何故。

匹诺曹爱撒谎，一撒谎，鼻子就长，可是这家店却货真价实，美味异常，好得超出香港人的赞语"平、靓、正"。小吃种类繁多，应有尽有，最好吃的则是各类鱼虾海鲜，以煎、烤为主。佐料也是五花八门，葱、姜、蒜不用说，还有芫荽、辣椒及各种香料，让人想到大航海时期西班牙人远赴异域，为香料而拓展海疆的历史往事。最让我留恋的，则是这家小馆的主要饮品，而且这可能也是使本地人趋之若鹜的主因，即各式各样的 cava（西班牙香槟）。 点香槟的学问大，我没有这种修养，但店里有一大排不同品牌的"本店"香槟，论杯卖。 我光顾过三次，至少喝过四五种，口感俱佳，配海鲜更佳。 有趣的是，这家小馆只有一个门面，里面是厨房，外面是一溜吧台，只有五六张高脚凳，人们排着队等吃等喝，似乎在等待中与吃客分享老号的乐趣。 不过，我通过多次经验发现，也不必等很久，大约十分钟，就有美食陈列樽前了。

其实，巴塞罗那满街都是小吃店，比这家香槟小铺体面的实在多，也都各有风味。 一进去，就看到堆得满坑满谷的菜式，不会讲西班牙文也不要紧，指指点点就行。 我每次看到橄榄油干煎小章鱼或油炙鲜鱿，便情不自禁，总要点上一客。也有至今不敢沾惹的食物，是羊头与羊眼。 店里一般都堆一盘羊头，十来个剥了皮的羊头，血淋淋的，堆成小山，像是有人练九阴白骨爪似的，惊心动魄。 看到当地人点一客羊眼，伸手抓一个又一个，扔进嘴里大嚼，也有毛骨悚然之感。

跳舞的螃蟹

　　第一次吃到马里兰州蓝蟹，是1972年的初秋，是在白天还热、晚上却有点凉意的季节。我到华盛顿探望同学，有人提议吃螃蟹，我举双手赞成，于是，就开车到肯尼迪中心后面的码头，向捕蟹的渔民买了三打螃蟹。现在回想起来，记不清一打多少钱了，好像是五块钱，但是却清楚记得，卖螃蟹的大汉一副豪气干云的气派，说今天大减价，一打十四只啦。买回来，可真洗刷了一阵子，数数，四十多只，直说过瘾，吃翻他水晶宫里的虾兵蟹将。煮了一大锅开水，往里头扑通扑通扔螃蟹，像下饺子一样。一共四个人，吃了三打四十多只螃蟹，吃得天昏地暗，直笑小学的算术不管用，还是美国算数划得来，一直吃到半夜十二点，实在吃不动了，才算结束了一场螃蟹盛宴。每次回忆，就联想到陈简斋的《临江仙》词："忆昔午桥桥上饮，座中多是豪英，长沟流月去无声。杏花疏影里，吹笛到天明。"

　　前年冬天去华盛顿开会，有位女学者问马里兰州蓝蟹好吃吗，为什么那么有名。我说的确好吃，虽然个头小，蟹肉却瓷实润滑，尤其是蟹黄饱满，很有点大闸蟹的风味。于是，几个与会的朋友约定，一起吃螃蟹去，由我带队。其实我已多年没去华盛顿，酒店里也没有厨房，三十多年前的老黄历用不上了，只好翻开黄页电话本，按图索螃蟹。没想到在"螃蟹"项下，还真有一家螃蟹专卖饭店，叫"跳舞的螃蟹"（dancing crabs），不过很远，从乔治城一路北上，大概有半小时的车程。我们一行四人，除了女学者，还有两位来自纽约的老学者跟着，顶着风寒，开始了寻觅跳舞螃蟹的旅程。

按着地址找到了饭店，临近一处十字路口，左邻右舍一片苍凉，饭店的门脸灰溜溜的，连正式的招牌都没有。女学者在门口不肯进去，支支吾吾说，不见客人进出，又没有店员来招呼，不要是黑店吧？我说，先进去看看，不行就走。女学者却死活不肯进去，好像那是孙二娘在大路十字坡开的店，有进无出。我只好自告奋勇，像石秀探庄那样，进去当探子，约好三分钟就出来，要是没出来，他们就赶紧去报警。进去一看，原来饭店前面空荡荡的没开，后面靠近厨房的十几张桌子已有食客盘踞，想来是冬天食客减少，饭店只开了后半。

扫除了疑惑，大家坐定吃螃蟹。点菜的方法倒是简单，问一人吃几只。我们问一只多大，比划了一下，有手掌张开那么大，说四个人一打足够了。螃蟹上来了，居然又是一打十四只，看来是华盛顿的地方传统吧，要不然就是美国人算数不及格者居多。每人发了一套塑料围脖，还发了一柄小木槌，说是敲螃蟹用的，敲一敲，跳一跳，吃的就是跳舞的螃蟹了。

螃蟹很好吃，个个饱满瓷实不说，还有一股草药香，很像紫苏，不晓得厨子是不是中国人。

鱼生鲊

华盛顿的海鲜饭店不少，而且各有特色，不可一概而论。有的装潢富丽堂皇，穷极奢侈，颇似珠宝推介会展示的模特儿，搔首弄姿，等着亿万富豪、阿拉伯酋长或是府会政要的光临，气派是用钞票堆出来的。 也有的却似空谷幽兰、乡野村姑，完全不施脂粉，却是粗服乱头，不掩国色，在俭朴之中透露无限的高雅情趣。 光临前者的，大多数是阔绰而有身份的人士，偶尔也出现没什么身份，却想从豪掷千金中得到身份认同的暴发户或假充暴发户。 光顾后者的，则可就是民主社会的万花筒，光怪陆离，卧虎藏龙，反正总得一袭便装，如一片微风中飘落的树叶，静悄悄走入宁谧的幽谷。 或许是欧洲王储，或许是沙特阿拉伯王子，或许是好莱坞当红的明星，除却翠翘羽裳，摒退香车宝马，还我本来面目，原来都像我一样，成了一介布衣。 不过，说到底，有人乔装打扮，有人洗净铅华，不惜更改平常样貌，还是因为饭店的海鲜好吃。 正是：人间到处苦奔忙，原来只为口一张。

朋友说新开了一家 Hank's Oyster Bar，生蚝鲜美无比，可以尝尝。 试了六种从世界各地飞来的鲜蚝，从稍甜如樱花初绽，到微咸带甘如夜雾从海上来，到淡淡的咸味如浪花轻轻拍拂沙滩，到浓郁的波涛翻腾足以裂石穿云，每一壳鲜蚝都刺激了味蕾无限的想象。 试完了鲜蚝，朋友说这里的 ceviche（鱼生鲊）特别好，也尝尝吧。 上来了一只白瓷侈口浅碗，里面盛着杂拌的各色鱼生，调了青柠汁，还有一些碎洋葱粒、星星点点的洋芫荽、细细的辣椒丝，入口清爽滑腻，稍有纷杂的辣味，的确好吃。 不过，这一碗鱼生鲊以鲜贝为主，真正的鱼肉则像葱花点缀，因此虽然特别滑腻甜美，只好算是新款另类，并非正宗 ceviche。

第二天我请朋友到我最常去的海鲜小馆 Pesce，也点了一客鱼生鲊，盛在一张浅底的白瓷方盘里，有三文鱼（鲑鱼）、石斑鱼、鲽鱼，还有鲜虾仁，都切成粗丁，拌了洋葱、辣椒、西红柿，淋上青柠汁，又浇了橄榄油。 吃起来，口感不同，虽然不如另类鲜贝食材的细腻软滑，却感到踏实多了，吃到了鲜美的鱼肉，尝到了微带韧性的爽脆。 我说，这才接近正宗的 ceviche。

有趣的是，Pesce 这家小馆自称"法国小吃"（French bistro），可是店名"pesce"却是意大利文的"鱼"字，而料理的正宗"ceviche"则是个西班牙字，是源自拉丁美洲（极可能是印加民族）的佳肴。 不过，杂拌鱼生是全世界渔民最自然的食品，加醋加柠檬汁来渍浸调理，也是处理鱼生的自然程序，中国古代的"鲊"也属此类，算不得稀奇古怪的吃法。 也因此，我把 ceviche 译作"鱼生鲊"。

酷死酷死

摩洛哥有好吃的佳肴吗？我想是有，因为每一个民族只要有一定的历史文化，就会发展出一套满足口腹之欲的方式，进而创造独特的烹调艺术，逐渐上升到美食的境界。摩洛哥在北非的西部，北边滨地中海，西部是大西洋，中部是高山，南面是沙漠，有山有海有沙漠，物种繁多，吃食的种类也不少。但是，此地长期受阿拉伯统治，信奉伊斯兰教，口味清真，奉劝爱吃东坡肉的朋友别去自讨没趣。

我在纽约标榜地中海佳肴的饭店中，曾多次品尝北非流行的"酷死酷死"（couscous），有牛羊肉的，有海鲜的，有素菜的，随君所好，不一而足。不过，去摩洛哥之前，吃过最美味的一餐"酷死酷死"，却是在加州中部圣巴巴拉北边的一个小城，酥烂的羊肉浸渍于各种天方的香料，有小茴香，有肉桂，铺在松软松软的芬芳粗麦粒上，入口即化，化成天方夜谭的想象。

到摩洛哥开会，议程排得满满的，其中一个半小时是午餐，可是上午的报告死拖活拉，逾时达三刻钟，只剩下三刻钟吃饭了。东道主说就在附近吃，吃完继续下午的议程。没想到巴士开了半天，开进一家花木繁盛的私家俱乐部，一桌桌的白桌布、白餐巾、锃亮的银餐具，等着我们这些来自天南地北的与会者。坐下来等着开饭，这一等，就是半小时，我们心里发急，主人却没事一样，安详地坐在那里，一副穆罕默德等待山峦走来的沉着。又等了十分钟，一群侍者鱼贯而来，每人手上托着脸盆那么大的银盘，上面罩着半圆形的银锅盖，走到每一桌跟前，双手郑重放下托盘，摆出"力拔山兮气盖世"的姿态，voila，掀开锅盖，展示了半径逾尺的一大盘"酷死酷死"，上面覆满了拳头大小、连筋带肉的牛肉，棒槌大小的胡萝卜，炖烂的杏脯，沥干的西梅，还有些难以辨认的蔬菜与香料。主人站起来，高兴地宣布，请用餐吧，尊贵的客人。

邻座的朋友来自捷克，压低了声音，悄悄说，尊贵的客人都成了饿殍了，感谢安拉。没人应声，却个个回应安拉的恩赐，人人手握刀叉，向"酷死酷死"进攻。切了一大块牛肉，放进嘴里，咦，这牛肉怎么这么香？是肉桂的香味？是小茴香？还是混了"酷死酷死"的姜黄？再切一块牛筋，怎么如此滑嫩，如此滑不溜口，有点像龟苓膏呢？

大家都沉浸在"酷死酷死"的美味中，再也没人提起下午两点要开会了。后来当然还是回到了会场，继续未完成的学术事业，可是，开始的时间已经比议程晚了两小时。

摩洛哥砂锅

在摩洛哥，除了可以品尝流行地中海各地的"酷死酷死"，有一种砂锅类的"塌尽"（cagine 或 tajine）菜肴，也堪称美味，高档餐厅无不自我矜夸，标榜本店"塌尽"做得地道。和"酷死酷死"一样，这个"塌尽"不是一道菜，是一类菜式的总称，也就是一种烹调方式，其中用料可以是陆地上跑的牛羊、天上飞的鸟雀、水里游的鱼虾。"酷死酷死"有状似小米粒的粗麦做底，可以比作中国的烩饭或盖浇饭，"塌尽"则没有主粮垫底，很像中国各地的砂锅，更像广东人爱吃的没有汤水的煲仔菜。

有人在介绍"塌尽"时，称之为"瓦钵菜"，从外形来看，描述得也还妥当，但给人一种印象，好像北非人野蛮落后，跟叫花子吃叫花鸡似的，抱着个瓦钵吃东西，还停留在新石器时代，只会使用瓦钵陶罐来煮食。其实，"塌尽"一词，不单指一种菜式，也是这种砂锅的名称，是相当高明的烹调器具，进化程度可能要超过中国的砂锅。中国的砂锅盖，上面留有一个气孔，以便烹煮时散去过多的水分；"塌尽"的锅盖设计就要复杂多了，而且充满模拟自然的艺术情趣，像一根粗粗的葫芦把儿，或像倒置的喇叭，中空可散气。你走到摩洛哥的店铺里，或在街边地摊上，到处都可以看到五花八门、色彩缤纷的"塌尽"，有大有小，大的两人合抱，小的像个小碗，堆得满坑满谷，让你觉得摩洛哥四处都是陶瓷展览馆，家庭主妇都是艺术鉴赏家。

"塌尽"的烹调方法并不复杂，说到底就是文火慢炖，慢慢把食材的内蕴炖出来，把香料的滋味炖进去，鼎镬运转，阴阳调和，像李老君炼丹一样，调制出一锅香喷喷的美味。 除了伊斯兰教禁忌的猪肉，其他的食材都可用。 我本来以为穆斯林不能吃介壳类的食物，不能吃无鳞的海鲜，没想到摩洛哥都有，菜单上大肆宣传鲜鱿、鲜虾，还烹制得有滋有味的。倒是烹调"塌尽"所用的香料与附加食材，种类繁多，令人眼花缭乱。 放各种腌制的橄榄不说，还有桃杏、西梅、苹果、葡萄干、蜂蜜、杏仁、核桃，以及我认了半天也认不出来的花样。 至于香料，有姜黄、肉桂、胡椒、藏红花，以及许多叫不出名堂的好滋味。 此时，顿感自己孤陋寡闻，没听孔老夫子的话，"多识草木鸟兽之名"，不过，回头想想，叫老夫子本人坐在案前，看来也说不出个名堂。

总之，"塌尽"可算美味。 以后再吹嘘中华独绝世界的砂锅烹饪时，我会不经意地插一句，摩洛哥的"塌尽"砂锅很类似，味道也可以。

巴斯底亚酥饼

认真说起来，摩洛哥实在没有可以比拟中华烹调或法国大菜的美食，还达不到那种"食不厌精，脍不厌细"的地步，还没有提升到艺术鉴赏的境界，还不曾"造次必于是，颠沛必于是"、动不动就处心积虑向联合国申报为"非物质文化遗产"，还不至于把民族文化存亡与"烹调世界第一"等同起来。但是，摩洛哥并非没有老号，也不是没有本土的美食，只不过信了伊斯兰教，生活有点节制，讲究"清真"，杀鸡鸭、宰牛羊，都得祭司阿訇先念经，东坡肉也万万吃不得。

在摩洛哥开会的最后一天，东道主说要好好招待我们这些远来的贵宾，还引了一句孔夫子的话："你们来自彩霞的尽头，给我们带来了安拉的恩赐。"我心里暗想，他大概是说"有朋自远方来，不亦乐乎"吧，换成了伊斯兰式的宗教辞藻，庄严肃穆，华丽大方。比起李登辉访问拉丁美洲抵达当地时，居然说"有我这样的朋友自远方来，你们一定感到欢欣鼓舞"，要高明得体多了。

招待我们的一顿午餐盛馔，是巴斯底亚酥饼、"塌尽"砂锅、各色水果。"塌尽"砂锅我以前吃过，也介绍过，算得上美食一道；这巴斯底亚酥饼（Bastilla），恕我孤陋寡闻，可是从来不曾见识。端上桌来的，像华北过去论斤称的大锅饼，比脸盆还大，烘烤成金黄色，油亮的色泽闪烁着丰富的内涵，一看就知道是酥皮的，想来里面一定包着什么出奇制胜的饼馅。看到本地学者个个容色生辉，眼神发亮，而且带着一种朦胧的欢愉，像"隔帘花影动，疑是玉人来"那种表情，就知道好东西登场了。 入境随俗，也学学孔子，"子入太庙，每事问"，先问这道菜叫什么，答曰，Bastilla。 巴士底狱（Bastille）那个字？不是，不是，是阿拉伯文，是酥皮的乳鸽烘饼，只有盛大节日（如斋月）前后才吃得到，今天有口福了。 于是，刀叉齐下，像切蛋糕那样，每人切了一大块。 入口芳香不说，口感极为特别，还带着甜味。 没错，是细腻如丝绒的乳鸽肉，有姜黄、肉桂、藏红花、小茴香混在一起的特殊香味，还有粗粗碾碎的杏仁为瓤。 酥饼的调料甜咸兼备，味蕾却感到偏甜，想来是因为杏仁的芳香衬托出了糖分。

吃了一大块，已经饱了，何况又上了第二道大菜："塌尽"砂锅。 美味在前，鱼与熊掌，实在难以取舍。 于是有人说，昨天吃过砂锅了，今天是酥饼日，过酥饼节吧。 相比之下，巴斯底亚酥饼似乎拔了头筹，可列摩洛哥美食第一。

御膳房里的青花瓷

研究青花瓷的朋友，动辄就感叹没去过伊斯坦布尔，没去过那里的托普卡帕皇宫，因为奥斯曼帝国举世闻名的青花瓷收藏就坐落其中。 不只是明清青花瓷，还有元代青花大盘、元代青花大碗，价值连城，都藏在土耳其的老皇宫里。 朋友谈起来，满脸的怅惘，眉头皱得像青花的纹饰。 我说，他们出过三大本图录，图书馆里看得到，可以稍补不能远赴重洋的遗憾吧。 他说，不能，一定要亲眼看到土耳其人坐拥的青花宝贝，否则死不瞑目。 讲得如此严重，好像伊斯坦布尔成了他心目中的圣地，像基督徒的耶路撒冷或穆斯林的麦加一样，大有不到圣地朝圣，就枉此一生，算是白研究了青花瓷。

我到伊斯坦布尔开会，报告完毕，抽空去了老城的东北角。 隐蔽在索菲亚大教堂后面，严严实实围在高耸的淡红色宫墙之内的，就是奥斯曼帝国的故宫，托普卡帕皇宫（Topkapi Sarayi）。"征服者穆罕默德"在 1453 年打败东罗马帝国，攻下君士坦丁堡，就选了这块龙盘虎踞的风水宝地，建了皇室家族的生活禁区。 元明青花瓷器藏在这片禁宫中，也是因缘际会，有其历史的必然性。

跟北京的紫禁城相比，奥斯曼故宫的风景要优美得多，可以从后宫直接看到山崖下的博斯普鲁斯海峡，看到帝国的亚洲地域无限延伸到烟霭的尽头。 从另一个方位又可望见"金角"（Golden Horn）水域，看到伊斯坦布尔的芸芸众生，在清真寺传出的诵经声中，恓恓惶惶，忙忙碌碌，奔波于禁宫之外的自由世界。 托普卡帕皇宫颇似北京紫禁城与颐和园加在一起，兼有气势规模与优游玩赏之胜，在面积上则须除以二或三，大体就差不多了。 算起来，托普卡帕比紫禁城年轻了一百年，也没经过改朝换代，少了点明清易代的天翻地覆，但是宫廷的历史沧桑、皇室亲属的离间倾轧、后宫佳丽遭遇的悲欢离合，想来也不遑多让。 再加上黑太监、白女奴、蒙面的纱巾、带穗的小帽、镶嵌了宝石的灯笼裤、贴满花彩瓷砖的大理石宫殿，让游人迷离于说不清楚的神秘感，流连徜徉。

我去托普卡帕皇宫，目标明确，直奔元明青花瓷收藏。有趣的是，展出的珍品都陈列在御膳房内，与炉灶厨具为伍，很不合乎我们中国人对皇家御用瓷器的景仰心理。 仔细想想，土耳其人的态度倒是更合乎情理，合乎历史实情，因为这些青花大盘大碗，虽然价值连城，在博物馆放在显眼的地位，在拍卖场上每件可以叫价三千万美金，当年却是供皇室日用的碗盘，是属于御膳房的管理范畴。

看到如此精美的元明青花，不由想到当年海商所经历的波涛跋涉。 他们漂洋过海，从江西景德镇经过福建、广东的海岸，绕过马六甲海峡，进入印度洋，穿过波斯湾，到达埃及，再渡过地中海，迢迢万里，来到伊斯坦布尔。 我开始体会朋友要"朝圣"的心情了。

御花园里传膳

　　伊斯坦布尔的天气干燥，又有阵阵海风扑面，虽然夏日正午的气温达到了三十摄氏度，只要躲在树荫底下，便觉清风入我襟，四肢百骸的毛孔都张开来，呼吸着清新的空气，舒爽如惬意的白云，飘浮在土耳其蓝宝石一样晶莹的天穹。 奥斯曼帝国的托普卡帕老皇宫，地处博斯普鲁斯海峡、金角湾、马尔马拉海三处海域交会的半岛尖端，植满了森森古树，一进一进的宫殿连着大理石回廊，在习习海风的轻拂下，简直就是避暑胜地。 回想一百多年前，苏丹王优游其中，后宫嫔妃佳丽袅袅婷婷围列左右，清风这么一拂动，镶嵌着红宝石、绿宝石的纱巾就飘荡起来，显露出一张张倾国倾城的容貌，以及荡气回肠的眉山，勾人心魄的眼神，似笑非笑、似喜还怨的嘴角。那时刻，宫中的盛夏也一定是沁人心脾的。

　　在御膳房观赏了来自景德镇的青花瓷收藏，不禁拟想当年传膳的情景。 一群带着丝绒小帽的黑太监与披着细麻纱素布的白女奴，领头的摇着长柄的羽扇，后面跟着一长列传膳队伍，黑太监端着元波浪纹青花瓷大盘，白女奴捧着明山水人物青花小碗、镶金嵌绿宝石明青花执壶，迤逦穿过宫苑的回廊，向后宫传送当天的御膳。 今天是串烤乳羊里脊、串烤金枪鱼、小茴香肉桂炖羊腿、凉拌茄子色拉、粗麦"酷死酷死"。用膳完毕，再收拾狼藉的杯盘碗壶，送返御膳房清洗。 啊呀，一不小心，打破了一面元青花鱼藻纹大盘，白女奴浅绿色的瞳仁闪烁着惊恐的神情……

　　想着想着，肚子就饿了，参观后宫可以等到下午，五脏庙却得先拜祭一番。 直奔最后一进宫苑，御花园东北角尽头依着山坡而建的宫殿，现在改成了餐厅，由当年曾经承担过御膳的康尼雅餐厅经营。 菜当然是不错，炖羊腿入口即化，没有一丝膻味，隐隐可以尝到肉桂的香味，好像还有点薄荷的香气。 素酿青椒的填料是油米饭，掺和着小加仑子、松仁、洋葱丁、洋芫荽末、五香作料，吃起来引人遐思，像走进了满植奇花异草的花园，迎面姗姗而来一位蒙着刺绣纱巾的少女，袅袅婷婷侧身而过，裙裾轻轻拂摆着花草，牵动了羞涩却芬芳的战栗。

　　这家宫殿改装的餐厅，最出色的还不是提供味觉的享受，而是可以看到三处海域交会的海天一色，缀饰着远处红瓦黄墙的屋舍，清真寺耸立的唤经塔，丛丛簇簇的松林，让视觉美感登入极乐境界。 我突然对"天人合一"有了一种全新的视觉与新鲜的体会，而且是与中国传统没有必然关系的心灵提示。山水人文，在这老皇宫一角，有一种具体实在而非虚无缥缈的和谐，有一种人与自然相依相存的逍遥自在。

　　奥斯曼帝国老皇宫的御花园，的确不错，不但提供了口腹美味，还赏心悦目，展示了心灵的飨宴。

土耳其烹饪

虽说土耳其是个世俗化的国家，尽量强化政教分离的政策，甚至跟着法国人有样学样，不准学童在学校戴穆斯林规定的头巾，但你走到街上，却找不到一处贩卖猪肉的肉铺，也在饭店菜单上找不到一项猪肉的菜式。法国人喜欢的乡村肉酱、德国人钟意的烟熏猪蹄、意大利人念兹在兹的帕玛火腿，好像都与土耳其食品无缘。我甚至怀疑，全土耳其找不到一头猪，要是有的话，大概在动物园里，即使不能享受熊猫级待遇，总可媲美河马与长颈鹿，优游自在，永远不会沦落到人类的饭桌上。

也许是我观察得不够细致，没有进行科学的调查研究，没到寥寥可数的法国餐厅去进餐，也没探访过不知隐藏在何处十字坡上的中国饭店，因此，不知道是不是也有些人津津有味地享用一客龙蒿肉桂猪肉卷配松露油拌白芦笋，或是风卷残云一般地饕餮一餐红烧蹄膀或京酱肉丝。

土耳其菜以牛羊清真为主，炙烤炖煮都有，也吃鱼。蔬果种类不多，以黄瓜、西红柿、茄子、豆类为大宗，绿叶蔬菜较少。正餐一般分三道：冷盘小吃、热盘小吃、主菜，其后有甜点、咖啡。主菜的烹调方式比较简单，炙烤串烧是最常见的，烤羊肉块、烤牛肉块、烤鱼块、烤全鱼、烤羊肝……吃来吃去，吃得满口都是炭火味，味蕾都打了结，丧失了品尝"细雨鱼儿出"那一类细致菜肴的能力。

炭火烤羊肉、烤羊肝、烤金枪鱼，好不好吃呢？有的还真好吃，我就有过"此烤只应天上有，人间哪得几回闻"的经验。 去过一家远近驰名的肉丸店，其实就是烤肉店，只卖炙烤的羊肉丸。 所谓羊肉丸，并非圆形丸状，而是二指长宽的肉条，在炭火上烤得喷香，外面稍微带点焦意，一口咬下去，渗出肉汁隽永的馥郁芳香。 啊呀，那滋味之鲜美，让我想到了童时在台湾向往的蒙古烤肉。 不过，童时向往的美味，只是向往，从来没实现过，后来吃过的蒙古烤肉不是嫌它干，就是嫌它腥，要不然就是调味料太多，尝不出肉的原味原香。土耳其的烤羊肉丸却是人间美味的现实，使我情不自禁一口气吃了八条。 没有肉腥，没有膻气，只有舌尖传来连绵不绝的鲜味，以及咽下喉咙时感到滋味隽永的难分难舍。 在贝优鲁区的一家夜店里，尝过一客炙烤羊肝，鲜味浓郁强烈，像尚未稀释的玫瑰露，却也实实在在的，是原汁原味。

认真说起来，除了一些特色菜，土耳其烹饪是难登大雅之堂的，无法与中国菜、法国菜、意大利菜等争一日之短长。倒是有些冷盘小吃，如葡萄叶卷油饭、黑蚬油饭、夹沙豆糜、烧茄鳌，确有独到之处，值得一尝。

牛扒与牛排

来香港以前，从来没听过"牛扒"一词。我在台湾生长，从 20 世纪 50 年代到 60 年代，只听过"牛排"一词，学了英文，知道指的是 beef steak。1970 年到美国之后，日常生活基本只用英文，连"牛排"也不用了，只称 steak。不过，美国的 steak 花样众多，到超市去买菜，肉类柜台一溜摆过去，有 filet mignon（其实是法文，里脊牛排）、sirloin steak（西冷牛排，即后腰里脊）、T-bone steak（T 骨牛排，带 T 形脊骨的里脊）、New York strip steak（纽约牛排，其实就是 T 骨牛排前面还带一块嫩瓜条肉）、Kansas strip steak（纽约牛排的原名）、Porterhouse steak（大里脊牛排，其实就是纽约牛排，还好没改称大苹果牛排）、ribeye steak（肋眼牛排）、chuck steak（肩肌牛排）、round steak（后腿瓜条牛排）、rump steak（臀腰肉牛排）、brisket steak（胸腩牛排）、flank steak（腹腩牛排）等等。因为部位不同，肉质有所高下，价格也就不同，美国农业部对牛排名称的管制相当严格，不许鱼目混珠，不许以肩肌肉冒充里脊肉，或以臀腰脊肉混充胸肋里脊。

美国人吃牛排，一般是在炭火上烧烤，随个人口味，以三成熟、五成熟、七成熟为合适，入口鲜嫩多汁，口感颇似中华烹饪的爆炒。中国人吃牛排，一看到血汁淋漓就发怵，总要烤到十成熟，吃起来像啃木渣，才放心，其实这是对上好牛排的最大亵渎。

这十几年来中国流行"铁板黑椒牛排"，恐怕学的是法国菜式，却先用发粉或松肉粉腌制，盛在锡箔纸里端上桌，吃起来松软如烂泥，则是以合乎中国国情的特殊形式来亵渎牛排。我建议赐以嘉名，称作"混沌一气牛排"，算作中国烹饪的新创意。

"牛扒"一词，是广东人对"牛排"的称呼，来源可能是听上海人说"牛排"，上海发音"排"字为 ba，近似"扒"音。晚清小说《官场现形记》及《二十年目睹之怪现状》，写上海人吃西餐，已经提到牛排、猪排、鸡排。 到了 40 年代后期，广东人黄谷柳写《虾球传》，以方言写香港西菜，就有"猪扒""羊扒""鱼扒"等名称了。 关于"牛扒"与"牛排"名称的问题，姚德怀兄曾写过专文，有兴趣的人可以找来看看。

近来网上流传的百科知识，居然有"牛排与牛扒的区别"一条，解说如下："什么是牛排，其实牛排就是烤牛肉，净肉没有骨头，烤熟的牛排有一厘米多厚，一般是巴掌大小，有各种不同生熟程度的，任吃者选用，吃时再切成小块并撒上佐料。 牛扒分为西冷、牛柳、T 骨和肉眼，西冷是跟筋连在一起的。 牛扒是牛肉块，牛排是带骨头的牛肉块。 这就像猪排是我们常说的大排骨，而猪扒就是一块猪肉，可能是猪腿肉，也可能是猪身上其他地方的肉。"完全是胡说一气，可列作"混沌一气百科知识"。

芝麻酱烧饼

在北京，四处访求两种面点，甜的是枣泥饼，咸的是芝麻酱烧饼。都属童年记忆中的美味，多少有点寻回失落岁月的堂吉诃德精神，但这两种面点也确实好吃，是山珍海味、鱼翅鲍鱼不能取代的。枣泥饼属糕饼甜点类，以后再说，先说说吃芝麻酱烧饼的心得。

小时住在台北，父母偶尔有了闲情逸致，会一家老小下馆子，经常去的有两家北方小馆，一是周胖子饺子馆，二是一条龙饺子馆。下小馆，一般并不吃饺子，吃的是小菜跟芝麻酱烧饼夹酱肉。酱肉分酱牛肉与酱猪肉，我嫌牛肉偏瘦发柴，喜欢三分肥七分瘦的酱猪肉，特别是酱肘子。芝麻酱烧饼则是心中最爱，想起来就不禁吞口水。

其实，芝麻酱烧饼是大众化主食，做法与葱油饼类似，需要点巧思及细心，而且不能偷工减料。擀一张面皮，敷匀了芝麻酱，卷起来，做成馒头大小的剂子，沾上芝麻，入炉烤，就是香气四溢的成品了。关键是要外酥内松，口感结实却又不像锅饼那么硬，外有芝麻烤的香，内有芝麻酱烘酥的香。夹上几片肥瘦相间的酱肘子，再淋一大撮芫荽，各种香气并陈，馥郁芬芳，真如洛阳牡丹盛开。

现在的台北再也寻不到儿时的美味了。经朋友介绍，去过几次信义路上的都一处，只觉得芝麻酱烧饼不够香酥，芝麻酱有点陈，而酱猪肉则肥者偏腻，瘦者发柴。倒是在北京，因缘际会，重逢了芝麻酱烧饼夹酱肉的美味经验。

有一次在北京超市突然发现"天福号"的酱肘子，心想，这不是慈禧太后指定上贡的好东西吗？超市也卖芝麻酱烧饼，看起来还有模有样。 于是，自己动手，如法炮制，觉得烧饼滋味不够丰厚，口感略差，但"天福号"酱肘子果然名不虚传，入口即化，香糯无比。 这就动了念，在京师九城之内，找正宗的芝麻酱烧饼。

那历程也稍带点戏剧性。 有当地朋友带去德胜门内一条偏僻的胡同，在一家极不起眼的小铺里，两个师傅正做烧饼。人们进进出出，看来生意不错。 我买了二十个，带回香港，夹着"天福号"的酱肘子，整整吃了一星期。 再去北京时，在德胜门内大街上寻访，穿街走巷，就是找不到那条胡同。

美丽的记忆，居然再度遗失，遗失在北京城急速拆迁的胡同里。

枣泥饼

　　小时候在台湾，对红枣独有的馥郁隽永芳香，有一种奇特的依恋与向往，朦胧中感到北国的旷达与旖旎，在齿颊之间留下了刻骨铭心的记忆。台湾本地不产大红枣，而"戒严"时期又禁止大陆的"匪货"输入，因此，奇货可居，价格高昂。一般市场上买不到，只在高档的南北干货店有售，据说是"香港货"，正式报关入口的。天知道，香港哪一座山上有枣林，哪一棵树上产红枣？不过，小时对香港的印象也是极模糊的，甚至以为金华火腿也是香港特产。所以，香港也会让我幼小的心灵联想到悠长而浓郁的芳香，对了，有点像一串串乳白的夜来香，优雅地、袅娜地、缓缓地步入迷蒙的历史想象。

　　母亲在逢年过节的时候，会做些面食点心，镶上两颗红枣。不多不少，总是两颗，不会错的。过年蒸花式馒头，把面团扭两下，像打辫子一样，左右留下凹槽，正好各塞一颗红枣。端午节包粽子，淘一大盆糯米，做一大锅豆沙，还准备了一海碗红枣。包豆沙粽，先沥下米，铺匀，大团大团的豆沙往里塞，一般是豆沙比米多。包红枣粽，就完全不同了。粽叶里铺满了米，用手指抠个小坑，戒慎戒惧，放下一颗红枣，在象牙白的糯米堆中，枣子的暗红色发着幽光，像一颗红宝石那么矜贵。轻轻铺上米，再铺一层米，再铺一层，都快满了，才抠第二个小坑，放下第二颗"红宝石"。母亲的动作庄严肃穆，就像祭司致祭一样，敬告天地神明，奉上两颗红枣。

　　如此吃到的红枣，当然令人回味，齿颊留香到下一个节庆。中秋吃月饼，家里不做，到铺子去买。豆沙、莲蓉、五仁、火腿，都不稀奇，只等着那一盒枣泥饼。整块月饼，满满的馅都是枣泥，咬下去柔柔腻腻，像丝绒一般滑润，像蜂蜜一样芳芬，却又滋味永长，像一场温馨的梦。

出国三十年，好像把那梦忘了。直到这几年，住在香港，回内地频繁，在点心铺里又见到枣泥饼，勾起童时回忆。七八年前在杭州采芝斋吃到一种柔腻的枣泥饼，口感甚好，一下子就回到童时甜美的滋味。可惜没多久再去，就不做了，只剩一种枣泥麻饼，吃起来像夹了泥沙一般。到苏州采芝斋老店，也只能买到这种口感像豆沙的麻饼。

倒是有朋友从北京来，带了一斤稻香村的枣泥酥饼，味道纯正，令人回味。之后，每次去北京，总要去买点，回味童年的梦境。可是，每次的味道不太一样，也不知道是自己的味蕾时常变化，还是稻香村分店太多，品质管理有问题。所幸从去年起，在北京发现一种翻毛枣泥酥饼，口感和香味与童时记忆相符，好吃极了。为了保留我童年的甜美记忆，我浅尝辄止，不敢多吃。

苏州大面

到苏州，我总是吵着要吃大面，让同行的朋友纳闷，苏州有那么多名餐馆、大酒楼，南北佳肴、苏州名点，干吗非要去挤小面铺，吃一碗不怎么起眼的面？苏州本地人听我嚷着要吃面，则报以会心的微笑，有时还极其收敛地插一句，早上都吃面的。那口气很特别，像江湖切口，或地下工作者接头的暗号。意思是：我们是一帮的，都知道苏州大面好吃，他们外人不懂，说了也没用，干脆别提。

苏州大面好吃，关键是下面的火候。一团面捞进碗里，整整齐齐，让人想到童谣说的"大姐梳个桂花头，二姐梳个盘龙髻"，油光水滑的，站出来娉婷玉立，明艳清爽。第一口咬下去，面还有点硬，感到细细的面条只有八九成熟，在熟与不熟之间散发暧昧的芳香。

这道理与煮意大利面一样，特别是意大利细面"天使的头发"。少煮半分钟不熟，多煮半分钟太烂，要恰到好处，初入口时"黏牙"（al dente），才叫意大利面。香港人吃的意粉，只好叫作"意大利烂糊面"，意大利人大概是难以下咽的。苏州大面也千万烂不得，一烂就成了上海的烂糊面了。

苏州大面有点嚼头，却是婉约派，像苏州巷陌的春风杨柳、小桥流水，与北方面条的厚实粗犷不同。吃老山西的刀削面，那种嚼头是豪放派，歌大江东去，浪淘尽，希哩呼噜一大碗面条下肚。吃苏州面，不能像鲁智深，得优雅秀气些，吃到最后，留点晓风残月。

苏州大面还讲究汤头，因为一团整整齐齐的面放进汤碗里，是要吸取汤头滋味的。 筷子挑两挑，面团散开，三两口后，逐渐软硬适中，不再"黏牙"，得趁热吃。

观振兴面馆

20 世纪 70 年代末，我第一次造访苏州。 那时的观前街还没经过拓宽改造，保留着民国初年的景象，有一种"落后"的慵懒、从容与亲切。 玄妙观的山门与大殿刚经历了"文革"浩劫，十分萧索及苍凉，好像满布皱纹的老人站在街角，窃听行人的脚步会不会带来什么灾难。 玄妙观斜对面，瑟缩在街边阴影里，有一家颇具规模却有点败落的面馆。

我当时并不知道这是一家赫赫有名的百年老店，只看到陈旧的桌椅板凳、空荡荡的大堂、表情落寞的工作人员，以及零星几个食客。 模糊的记忆中，好像是三角钱一碗雪菜肉丝面，四角爆鱼面、鱼肉双交面，四角半还是五角一碗虾爆鳝面。 总之，我进了店，出于好奇，叫了一碗从未吃过的焖肉面。

面上来了，一只大粗瓷青花碗中，躺着一团面，泡在将将淹过面团的泛白色的清汤里。 面团上顶着一大块七分肥三分瘦的焖肉，像一片吐司面包那么厚。 心想，这样的清汤寡水，挤成一堆的面团，白乎乎的一块大肥肉，能下咽吗？ 既来之，则安之。 劳动人民能吃，我为什么不能吃？ 吃吧。

拣了一筷子面，淋漓着汤汁。 一入口，不对啊，面怎么这么香，还有一种细致温柔的嚼头。 而汤头之味美醇厚，只好比之为当年（不是现在）的五粮液。 再咬一口焖肉，居然肥而不腻，酥糯香滑，不像吃肉，像品尝蕴积了酱肉香味的豆腐。 这才知道，苏州大面真是不同凡响。 出门时特别记下了招牌：观振兴。 回家查了书，知道面店原名观正兴，创于同治三年（1864），历尽了沧桑，美味倒是不变。

　　不过，苏州近几年发展观光旅游，拓宽了观前街，也拆毁了观振兴，只留下了记忆中的美味。

南翔小笼

报载南翔小笼包申报国家非物质文化遗产，让我产生无限遐思，联想翩跹。

国民党败退台湾之初，大江南北的各色小吃也涌入台湾，成为日常生活最普通习见的食品，而且口味纯正地道，可以稍减迁客的乡愁。我小时候住在台北南区，每天就听到走街串巷的吆喝声：江浙口音的"湖州粽子甜酒酿"，山东口音的"大饼馒头豆沙包"，再来就是敲竹梆子的馄饨担，摇着响竹筒的麦芽糖。走到街口，小吃店里早上卖烧饼油条豆浆，中午卖小笼包蛋炒饭，晚上也能炒几个菜。有一家挂出招牌"南翔小笼馒头"，我们小孩不懂，缠着大人问，回答就是高档的小笼包，南翔是上海附近的地名，叫馒头是江南方言。价钱不菲，用现在的说法就是精品专卖店了。又缠着大人要吃，来来回回，在家里"折冲樽俎"，大人给缠得受不了了，终于让我们得愿以偿。是比较好吃，肉鲜皮薄，还灌汤，细致的口感一直萦回至今。

听说上海正在筹办"2007上海南翔小笼文化展"，又举行新闻发布会，把"南翔小笼制作工艺"列为当地首批非物质文化遗产，并申报国家非物质文化遗产。一旦挂上钦点的"国家非物质文化遗产"头衔，那可就抖了，吃起来是不是满口馨香，承载了博大精深的中国文化呢？安排酒宴，点一客南翔小笼，是否就体现了主人的文化使命感，带领大家走向和谐社会呢？能不能像慈禧太后爱吃的豌豆黄一样给人"御制"的品位光环，吃一口南翔小笼包，就增一分文化修养与气质，甚至借此而全球化，像麦当劳一样，卖遍全球呢？

我无法窥知国内文化领导的伟大胸怀与视野，只是觉得无限困惑，而且脑海中浮现无穷无尽的"非物质文化遗产"项目。其实，全中国的小吃都有特色，都有其"独特的制作工艺"，大概都能申报国家非物质文化遗产。假如烧饼油条豆浆、大饼馒头豆沙包、甜酒酿粽子属大路货，人人会做，太平常，算不上国家级，那么，四川担担面、新疆的馕、陕西的馍、山东饸面馒头、北京炸酱面、兰州拉面、桂林米粉、广东炒河粉、陈村粉……还有不止上千种的地方小吃，不是都该申报，以免出现独惠上海而歧视与打压其他地区的疑虑？我这里还没提各地的美食名菜呢，那才是成千上万、"罄竹难书"（用杜正胜解）呢。

有人说中国人的脑子好，就是灵光，看来经常如此。要是让法国人学了，他们还不知有多少美酒、佳肴、芝士、面包，可以申报世界非物质文化遗产呢。

太湖船菜

上海的朋友请客,说吃"太湖船菜"。我不禁好奇,提出了幼稚的问题:"到苏州去吃吗?上船吗?"朋友大笑:"在上海,还有吃不到的佳肴?就在新天地旁边,有一家太湖船菜馆。"原来不是到船上吃,是在十里洋场最繁华最多观光客的闹区,在大饭店里品尝太湖"三白"。我的疑问,显示了自己昧于"发展是硬道理"在吃喝玩乐领域的辉煌成就,居然以为,吃太湖船菜要到苏州边上的太湖,甚至还得上船。再也没想到,"太湖船菜"也成了后现代饮食文化的符号,可以随便在通衢大道上开分店的,就像上海市区可以新建温莎别墅、白金汉广场、紫禁城豪华公寓一样。

十年前,曾和一群到苏州赏梅的朋友,冒着凛冽的寒风,大老远赶到光福镇的湖滨。放眼望去,湖边一排排渔船改装的画舫,迎风飘摇着旗招,上书"船菜",船家站在跳板上大声呼唤,招徕顾客上船用餐。那景象颇有些古风,让我联想到《水浒》写宋江发配江州,在江边酒馆吃饭,突然想吃鱼了,李逵到岸边渔户去买鱼,和浪里白条张顺大打出手,把鱼市闹了个一塌糊涂。想来,江州的渔户靠水吃水,在岸边卖鱼的情景,大概与此也差不了太多。改革开放之后,太湖渔民由打渔转为经营船菜,个个都成了自立门户的浪里白条,发家致富,倒是古人梦想不到的。

船菜很好吃,而且有特色。太湖三白,白虾、白水鱼、银鱼,当然是要吃的。白虾上来,扣在盛着黄酒的玻璃海碗里,蹦蹦跳跳的,真可谓活生生一道"浪里白条"。香港同胞看了怕，不敢吃，把整个盘碗推过来，看着我吃得淋漓尽致。"老广"不是什么都敢吃吗？天上飞的，地下跑的，水里游的，没有不吃的，怎么不敢吃醉虾呢？回答说，虾是敢吃的，不过，怕它喝醉了乱跳的狼藉，很没风度。吃虾还得吃有风度的，倒是第一次听到，也算香港人文明的借口吧。于是又点了盐水白虾，鲜嫩之中很有些儒雅之风，大家都吃得高兴。再来上清蒸银鱼，放了点冬菜，平添几分乡土气息。味道十分鲜美，人人吃得舔嘴咂舌，风度也忘了。

太湖船菜起源于民间，真正走向市场则是近几年的事情。1994年，太湖东岸苏州光福镇的渔民，率先推出了具有渔家风味的太湖船菜。如今，苏州东山、西山沿太湖一带，也出现了太湖船菜的招牌。一些城市里的餐饮场所，还将太湖船菜引进店堂，居然也吸引了不少食客。

春笋步鱼

　　到杭州见一位老学者，相谈甚欢。看看时近十一时半，我赶紧告辞。他却坚持要请我吃午饭，理由之一是，人总是要吃饭的。这一点虽然无法反对，但心里想，我也可以不必叨扰，自己找个简单去处。理由之二是，附近新开了一家小馆，老板是绍兴人，做得一手地道的浙江土菜。这个理由倒极具说服力，就去了。

　　点菜时，问我想吃什么。我说，最简单的最好吃，新鲜腐皮炒小青菜、片儿川，还有春笋步鱼。老板娘说，时令不对，清明前后才有步鱼，现在已是 5 月了。她建议梅干菜蒸巴子鱼，梅菜是乡下自己晒的。我问巴子鱼是什么，答说是山溪里产的小鱼，还活的呢。听来不错，山溪野产一般没有土腥气，入口清爽。主人似乎觉得山溪小鱼亏待了我，便连点了龙井虾仁、东坡肉、腌笃鲜，又点了两样冷菜。他还殷切地问我，要不要虾爆鳝背、鲈鱼莼羹？我只好颇无礼貌地断然拒绝。

　　老学者对我一心想吃步鱼十分好奇，大概是觉得"一事不知，学者之耻"吧，问说，这步鱼很特别吗？

　　大概是六年前的清明时节，有朋友在曲院风荷一带的饭馆请我吃饭，点了一道春笋步鱼。鱼肉极其鲜嫩，入口即化，但又不像豆腐那样不必嘴嚼，因此还有可堪回味的口感，像丝绒一样细腻光滑而有弹性。配上春笋的清新，蛰伏了一冬的蕴藏，正待重见天日的欢畅，吃到口里，真是大地回春，满嘴烟霞。把清明时节水光潋滟的西湖烟波，苏堤上迎风摇漾的桃红柳绿，空气中飘浮的初春灵气，全都比下去了。

　　梅菜蒸巴子鱼上来了。我一看，不是和步鱼长得差不多吗？大概同属塘鳢科，略小，而且是山野所产，因此，虽然同科，却难登大雅之堂，不能媲美清明前后草塘悠游的步鱼。清明时节吃步鱼是有道理的，因为这是越冬之后尚未产卵之时，杭州人说"还未开眼"，鱼肉特别鲜嫩肥美，好吃。清人陈璨《西湖竹枝词》有这么一首："清明土步鱼初美，重九团脐蟹生肥。莫怪白公抛不得，便论食品亦忘归。"是假托白居易留恋杭州，衬出清明步鱼与重阳湖蟹之美。

　　步鱼又称土步鱼，杭州人有时在菜单上写"埗"字，有时写"鯳"字。又称渡父鱼、土父鱼、虎头鲨，古书有记载，那就说来话长了。

不可食无笋

杭州朋友请吃饭，问我喜欢吃什么，答曰，笋。朋友说，这太容易了，不过，怕是太简啬，轻慢了贵客。我说，在香港轻易吃不到鲜笋，超市见不到，街市买不到，只有江浙饭馆才吃得到，老上海聚居小区的专卖店才买得到，可谓物以稀为贵了。到杭州，也就到了王羲之吟咏的"茂林修竹"之地，可是要好好吃上一顿。

朋友觉得奇怪，广东人不吃笋吗？这问题其实困惑了我许多年，也问过无数的广东朋友，总是回答说竹笋有毒，吃不得。再问有什么毒，也答不上来，支支吾吾说"会发"。发什么？说体内有病有毒就会发。我心想，既是有病有毒了，不吃笋也有毒，怎么证明"笋有毒"呢？有一次忍不住，还是问了出来，回答则有点不耐烦，大概是嫌我打破砂锅问〔璺〕到底，就说鹅肉也有毒的，会发，徐达不是吃了朱元璋送的蒸鹅，背疽发作而死吗？我不识好歹，接着问了一句，那么广东人为什么喜欢吃烧鹅？不怕毒发吗？朋友脸上罩了一层乌云，好几天不跟我说话。

杭州朋友听了大笑，上了一桌菜，有糟鸡、糖藕、海蜇头、烤菜、豆板、毛豆百叶、酱鸭、东坡肉，接着就是油焖冬笋、咸肉蒸冬笋、笋干烧肉、荠菜炒笋片、腌笃鲜，最后还上了一大碗片儿川，算是主食。我吃得开心，不禁从东坡肉跟竹笋，想到苏东坡的诗："可使食无肉，不可居无竹。无肉令人瘦，无竹令人俗。"竹子除了提供婆娑的绿影，让人想到君子风范，还生出如此可口的鲜笋，真是令人身心口腹一起脱俗。

　　说广东人不吃笋，也不可一概而论。 像广州郊外白云山所产吊丝丹竹笋，就是著名的山珍。 据说白云山本来不产竹，后来有位神仙从云端吊下一条丝线，线端系了一颗丹红的种子，落地就成了一片竹林，从此也就有了鲜美爽脆的竹笋可吃。 吊丝丹竹笋虽然春夏都产，但个头小，产量少，颇为珍贵。 此外，佛山张槎乡也盛产一种甜笋，一般都加工制作后运销外地。 香港也可见到新鲜竹笋，如九龙城，或专卖江浙食品的店铺，不过，却来自杭州或台湾，与大闸蟹、法国鹅肝、神户牛肉属于同一等级，都是坐飞机来的，不属岭南食文化。 广东竹笋也偶尔见到，是潮州笋。

　　其实中医认为笋味甘、微寒，无毒，有清热化痰、益气爽胃、治消渴、利尿等功效。 此外，笋的脂肪、淀粉含量低，属天然低脂、低热量食品，是减肥佳品。 更因为低糖、多纤维，能促进肠道蠕动，帮助消化，去积食，防便秘。 甚至有人说，可以预防大肠癌。 说到此，我还是觉得奇怪，为什么广东人认定了"笋有毒"。

田园风味

　　杭州的朋友每年春天都到龙井村去，找我熟知的茶农阿兔，帮我买一两斤龙井新茶。　阿兔的茶园大约有三四亩地，在狮峰那片向阳的山坡上，是出产正宗狮峰龙井的好地方。阿兔每年只采春茶，5月以后就不采了，因此，采制的茶叶并不多，只有五六百斤。　清明前后所产当然更少，蕴积了一整年的精华，清香扑鼻之外，泡起来还别有一番风味。　用八十五摄氏度的开水一冲，碧绿的叶片翻滚出澄澈的芬芳，让人联想到西湖边上刚刚抽芽的柳叶，在晴和的阳光中荡漾，隐隐约约散发着初春的明媚。

　　虽然每年都喝阿兔茶，却从没去过阿兔家。　一来是春天总是忙，无暇到杭州，当然就不可能偷得浮生半日闲，龙井问茶试清芬。　二来是盛夏与隆冬倒有机会去杭州，只不过办完了公事就想走，即使有个半日闲，也没有顶着溽暑与严寒的游山雅兴。　朋友说近年来阿兔兼营副业，在门口摆了两张桌子，置办起农家菜了，不过，挺挑剔的，只招待买茶的客人。还说阿兔菜烧得不错，要我去尝尝。　这么一说，又是两三年，倒成了我们笑谈的资料，打电话问好的时候，总要带上一句："什么时候上阿兔家吃农家菜呀？"

　　今年春暮居然在杭州，而且真有了半日闲暇。　朋友说，去阿兔家买茶，顺便吃农家菜吧。　一行人开车入山，在修篁与古树的绿荫中绕行了一阵，不一会儿，就到了龙井村。　阿兔迎出来，圆圆的头颅，宽宽的面庞，一脸朴实的笑容，不懂得说应酬话，只是笑。　朋友介绍我，说这就是每年买茶的人。 又代为张罗，要阿兔到里屋搬出一张圆桌，摆几把椅子，说来吃饭的，做几个好菜。 阿兔开始忙进忙出，他老婆也跟着后头忙，两个人都是实敦敦的身子，走起来像两头小黑熊。

一会儿看到妇人在门前的鱼池里捞起条鱼，转眼就提着一把大菜刀，到沟渠边上去刮鳞清理了。 再一会儿看到阿兔走到街对面茶山上，就听到一阵咕咕啼叫，鸡群在茶树丛里蹦跶乱跳，东窜西逃，不多时阿兔就手拎着一只黄褐色的大母鸡，大摇大摆走回来。 不到半小时，上了一桌菜。 清蒸鲫鱼很大，使我以为是鲤鱼，却鲜嫩无比；白斩鸡还有点野味，肉质结实，不像市场里买的饲料鸡。 炒了好几道蔬菜，炒青蚕豆、嫩扁尖炒杂菜、小白菜炒豆腐皮、清炒豆角、油焖笋，都爽脆甘甜，带着春雨江南的气息。 还有盐水小河虾、咸肉蒸白豆腐干，都是简单的乡下粗菜，却充满了诗情画意的田园风味，吃起来像吟咏着范成大的诗句。

临走时，阿兔问合不合口味。 我说，好极了，这样的农家菜清淡可口，和龙井茶有异曲同工之妙，都合乎董其昌所标榜的"疏淡清雅"品味。 阿兔愣愣地看着我，不知道我在说什么。

片儿川

　　片儿川是杭州小吃，即雪菜肉片笋片面。 味道与苏州面点的雪菜肉丝面相近，但加上笋片，特别是春笋刚上市，别有一番风味。 有趣的是，雪菜肉丝面在上海面馆是基本面点，并随着上海小吃风行海内外，无远弗届，而片儿川只有杭州才吃得到。 当然，各处面馆都可以在雪菜肉丝面里，加上笋丝，让口感及味觉多一分林野的爽脆气息，然而，像片儿川那样，布满铜钱厚薄而稍大的肉片及笋片，汤汁浓郁醇厚，卖相比较村俗的面点，似乎只有在西湖烟霞笼罩的南宋故都才找得到。

　　吃片儿川的第一个感觉，是面条与苏州大面的细致精美不同，比较粗犷，比较乡野，像我小时候在台湾乡下吃的切仔面，甚至有点像煮过的油面。 给我带来的联想，是金兵南下，汴京沦陷，中原父老迁徙到江南，"山外青山楼外楼，西湖歌舞几时休"，吃一碗家乡的面食，聊补北望的乡愁。 那面过了江淮，滋润上富春江带来的灵秀，虽然还有北地粗豪的外表，一嚼起来却松软得多了。 再加上本地土产的鲜笋与腌制的雪菜，一碗原来十分豪迈的肉片面，就成了融合南北口味的片儿川了。 这当然只是我的臆想，是随兴所发的思古幽情。预先在此警告杭州旅游局，不要引此作为历史依据，打出片儿川是宋朝面点的招牌，发展杭州的文化旅游。 我拥有这项历史猜臆的知识产权。

　　第一次吃片儿川，是 1978 年的夏天，一个人初访西湖，住在湖畔的华侨饭店。 在餐厅点菜，点了炸响铃、糟鸡、油焖笋、片儿川。 邻座一位中年妇女，带着她十来岁的女儿用餐，突然问我是不是杭州人。 我说不是。 她很疑惑地问，你为什么点这几道菜？炸响铃、片儿川，这是只有杭州人才知道的菜式，她离开西湖烟水近三十年了，时常怀念的就是这几道菜。 不是杭州人，怎么知道这些菜式？我不禁赧然，说书上看来的。 她一脸怅然，大概是认错了个假同乡，转头向女儿介绍起片儿川来。

在杭州漫游期间，还到过老店奎元馆吃过片儿川，印象极佳，肉片鲜嫩爽口，笋片清爽如细雨滴沥在竹叶上，而汤汁又香浓可口。 十多年后再访奎元馆，则肉片又硬又老，笋片干如竹篾，汤汁只有酱油味，气得我再也不去。 转而试试知味观，却时好时坏，质量得不到保证，去过七八次，只有一次令我回味不已。

转眼又是十多年，朋友请我去奎元馆吃面。 我依旧点了片儿川，吃了一口，咦，居然是当年的滋味，不负杭州特色面点之名。

楼外楼

杭州最有名的饭店，大概是孤山路上的楼外楼了。外地游客游览了西湖，总要到西泠桥畔、秋瑾墓东，紧贴着文澜阁皇帝行宫旁边的楼外楼，去品尝一顿佳肴，尝尝酸不溜叽的西湖醋鱼、更加酸不溜叽的宋嫂鱼羹、糯而不烂的东坡肉，以及烂而不糯的叫花鸡。我第一次去，是三十年前，印象还不错，可能是因为初访杭州，刘姥姥进城，见识了浸润在历史人文中的山灵水秀，一切都美不胜收，吃什么都觉得"好美味"。十五年前再去，才算领教了杭州菜也有油腻的一面，从此再也不登楼外楼。我的杭州朋友也说，楼外楼是观光旅游楼，"戆头"去的，我们不去。

楼外楼店名起得好，来自南宋林升的诗《题临安邸》："山外青山楼外楼，西湖歌舞几时休？暖风熏得游人醉，直把杭州作汴州。"从生活逸乐的角度而言，这首诗曲尽了杭州作为"人间天堂"的本质，也就是吃喝玩乐，"国家事管他娘，打打麻将"（民国诗人曾今可名句）。改革开放以来，杭州修复了"文革"时砸烂的岳王庙，同时也"还我河山"，恢复了休闲城市的游乐本色，一时之间，游人如织，酒楼饭店也应运而起。"楼外楼"是老字号，生意红火不用说了，城里城外还开了"山外山""天外天""湖外湖"，都想借着诗意的联想，吸引顾客。可惜，端上桌来的菜肴，丝毫不能刺激味蕾的灵感，往往不符诗意的美丽联想，逐渐门可罗雀，再来就关门大吉了。倒是楼外楼独领风骚，屹立在西湖边上，几经风雨，不但不曾坍塌，还大兴土木，起了钢筋水泥高楼，招商注资，成了企业集团。 虽然菜肴也跟着企业化,每一道菜吃起来,都像他们生产的真空包装特色菜,食客却是不断,门口车水马龙,生意兴隆得很。 想来是杭州西湖的诗意独钟楼外楼,一切美好的联想都与这家饭店融合了,至于菜肴的味道嘛,反正观光客只来一次,管他呢。

最近因为开国际学术会议,宴设楼外楼,想不去会折了主人面子,只好硬着头皮赴宴。 先上了七八种开胃小菜,其中炸花生还差强人意,配着五年陈的绍兴黄酒,尚可下咽。 主菜上来了,果然又是宋嫂鱼羹、西湖醋鱼、东坡肉、龙井虾仁、叫花鸡之类的陈年老套。 一尝,鱼羹太酸,没有鲜味;醋鱼勾芡太重,鱼肉太老;东坡肉蒸的年岁不少了,已经到了苏东坡从海南回归的晚年,肉已发柴;虾仁没虾味,也没龙井茶味,让我怀疑不是清炒做法,而是清煮;鸡肉则烂如泥巴,倒是名副其实,是给叫花子吃的。

席中有位芝加哥大学来的洋教授,似乎颇有品味鉴别的能力,说他吃过苏州菜,觉得杭州菜口味比苏州菜要重。 我说,不是杭州菜口味重,是这家老字号饭店的口味重,还保持宋代开封的口味,让我们别忘了"直把杭州作汴州"。

宁波菜

宁波菜偏咸，是我一贯的印象。 靠海，田土少，又非膏腴之地，民风勤俭，世世代代打鱼为生，自然而然吃得咸。雪里蕻咸菜、咸鱼、臭冬瓜、鲞鱼、炝蟹，都咸得令你赶紧扒几口饭，三口两口就吃完了一顿。 勤俭人家过日子，就该如此。

日本人的传统膳食也如此，不是腌鱼，就是渍菜。 一条两寸半长的小咸鱼，瘦瘦的，干巴巴的，像大匠精雕细镂的艺术品，小心翼翼放在一片窄平的瓷碟上，供佛一样，恭恭敬敬夹一筷子，扒上两口饭。 旁边还有一方小瓷盅，盛着三条青如竹叶的咸菜，两条黄汪汪的腌萝卜，以备奢侈之需。 不过，宁波人吃饭不摆空谱，不像日本人那样装模作样，从没想过贫瘠的伙食是 minimalist art（极简艺术），也可以赋予精神超越的艺术意义，咸鱼咸菜都有性灵空寂的境界。 宁波人比较实际，吃得少，省得多，勤勤恳恳累积财富，俭朴持家，不玩什么艺术境界。

眼前这一桌宁波菜，却与我过去的印象大不相同，精致细巧，鲜而不咸。 临着东钱湖潋滟的水波，从这家水榭饭店的包厢看出去，湖面上荡着三三两两的渔舟，远处是层层叠叠的山峦，隐隐抹过几分岚气。 主人从提包中拿出一瓶酒，红艳艳的，半瓶是杨梅，说是自己的秘制，用新采的杨梅、茅台、冰糖，加了少许蒸馏水酿的。 喝了一口，洌而不烈，心旷神怡。

主人是宁波本地人，我就说自己喜欢吃烤菜、炝蟹，却从来没吃过臭冬瓜。 桌上有一碟炝蟹，我夹了一块，肉质饱满，清香满口，只有淡淡的咸味，衬出蟹黄的鲜甜，大为赞赏。 主人指着一碟切成白方方的小菜，质地颇像润玉，说这就是臭冬瓜。 入口稍有咸味，却一点也不臭，还带着新摘冬瓜的清香呢。 看我一脸疑惑，主人说，现在的臭冬瓜不臭了，他小时候的"古典"臭冬瓜，却不但臭而且咸，非常下饭。 他吩咐厨房，临时做了一盘烤菜，以飨嘉宾。 烤菜十分好，不油不腻，比我在上海饭馆里吃到的要高明。

上了道苔菜湖虾，虾虽小却虾子饱满，鲜嫩如太湖白虾，蘸着苔菜，像柳絮因风起，不经意沾上了虾身。 有点像上海的油爆虾，却少油、少盐、少糖，突出了鲜味，更像米友仁的山水，以少为多，余韵无穷。 又上了一道大汤黄鱼，清清爽爽的，主人说是当天打上来的新鲜野黄鱼，吃了一口，感到神清气爽，尤其是汤里的雪里蕻，鲜淡鲜淡，只有一抹咸味，像初春雨霁后的雾气。

东钱湖的宁波菜，更像我印象中的杭州菜，清香疏淡，像董其昌的笔墨。 主人说，宁波富裕了，口味变了。

宁波东钱湖

宁波东南方有个东钱湖，现在规划成东钱湖旅游度假区。不久前，承蒙负责人邀约，去了一趟，说是要我给他们出谋划策，看看如何在发展中保存原有的文化底蕴。 负责人精明干练，双目炯炯发光，让我想到金庸小说中那些内外兼修、武艺高强的庄主，韬光养晦，避世无争，一出招就是个武林高手。他掌管着东钱湖的开发命脉，想在此开辟一片世外桃源，吸引跨国投资集团来建度假村酒店、游艇俱乐部、温泉 spa，以及高档的"景观山水商品房"地产项目。 我戏称他作湖主，并说我修炼的是道家的"无为大法"，上善若水，以静制动，一动不如一静。 高手过招，点到为止，湖主笑笑，说游游湖，看看茶山，观赏观赏南宋石刻吧。

湖面很大，有一道栽满了绿柳的长堤，划分了内湖与外湖。 四环皆山，有湖光山色之胜，不亚于杭州西湖。 水光潋滟而优雅宁静，远远点缀几叶渔舟，则远非今日西湖能比，想来与白居易、苏东坡当年栖止的西湖，大概有几分相似。 湖主说，西湖像大家闺秀，衣锦佩玉，东钱湖像村姑，朴实无华。 有那么点意思，不过，一旦急速开发，村姑的形象也会改变，烫起鬈发，涂上口红，拎着 LV 手袋，穿一身 Armani 或 DKNY 的新装，足蹬 Prada 高跟鞋，转瞬间就可以参加好莱坞影片的首映礼了。 因此，我有点私下庆幸，十分感谢湖主，在村姑转型之前邀我来看这一派天然秀色。 生活在今天这全球化的世界，丑小鸭千万不要变成天鹅，一变成雍容高雅的天鹅，就身不由己，有无数身家亿万的癞蛤蟆拥上前来，非把你调制成一味"忌廉香草配豪宅镶嵌钻戒法国波尔多拉菲特美酒烹天鹅"不可。

住在沙山村度假村的老区,十分幽静安谧,没什么旅客游人。 这里原来是临湖的渔村,有一片明清的古民居,依着湖畔山坡布局,高低错落,自然有致,在淳朴中透露了无限生机与趣味。 大清早起来,天蒙蒙亮,沿着石板小径,走在村落的石墙之间,一只喜鹊在十几步前跳跃,好像是在引路。 眼前一亮,就是晨曦中的东钱湖,光线似乎随着水波在晃动,漂浮在湖面上,起伏如米家山水的烟云空蒙,遐思也跟着飘荡,觉得山水空灵如诗,心境宁谧如烟波中的一叶扁舟,不生不灭,不即不离。

告别湖主,感谢他让我看到东钱湖发展前的古旧与简朴,也十分佩服他们设计的现代化远景规划。 抱歉的是,我只懂得保育自然的"无为大法",对开发大计帮不上什么忙。 若能保护一些古建古迹不拆,我就心满意足了。

成都菜

想到成都菜，第一个印象就是辣，就是一盘菜渗出半盘贼亮贼亮的红油，一碗面浸在半碗气吞河岳的红油里。没有点英雄气概，只好望碗兴叹，空悲切，白了少年头。不禁令人想起关公单刀赴会，望着滚滚东流的长江水，在戏里唱了一段〔新水令〕，唱到结尾，"这不是水，是二十年流不尽的英雄血！"有位广东朋友，平常豪气干云，风风火火的，气势绝不输梁山泊上的好汉，这次在成都相聚，却愁眉苦脸，怕辣，一上饭桌就忸怩作小儿女态。伸出一双筷子，盘旋了半天也没落下，像鹰隼翱翔在空中，久久找不到猎物，抱怨说满桌皆辣，一滴红油逼死英雄汉。上了一盘莴笋，青绿欲滴，他高兴得很，夹了一大筷子，放进嘴里。大家正为他舒了口气，却见他紧皱眉头，苦着脸说，芥末也辣。

其实，成都菜不太辣，倒真是麻，有时让你觉得，不止舌头麻得打颤，是满口皆麻，像坐上了牙医的手术椅，打了麻药，等着拔牙。许多人麻辣不分，一旦味蕾受到极度刺激，酸甜苦辣咸麻涩，同时聚集，就像突然遭到电击，脑海一片空白，红橙黄绿蓝靛紫，一瞬间见到的是彩虹，再来就是穹宇苍苍，昊天无极，忙不迭地叫苦叫辣。不要说红油汪汪的麻婆豆腐如此，川椒田鸡如此，水煮鱼片如此，粉蒸小笼牛肉如此，连一条看起来清清白白天真无邪的清蒸团鱼也如此，难怪我的广东朋友一晚上愁眉苦脸。

不麻不辣的菜也有，而且极具特色，吃来满嘴芳香。我有幸吃过两次，而且经验完全不同，是不同等级也不同风格的成都地方风味。 一次是在三十多年前，还在"六亿神州尽舜尧，人人挥舞小红书"的时代，我随着一个美国侨团回国访问，受到极高规格的接待。 参观重庆，也不知是哪个部还是哪个办的安排，派了三个成都大厨随队，在南温泉招待我们品尝成都小吃。 上来摆了一桌子，二三十道小吃，形形色色，没有一道不好吃，也没有一道让你觉得辣。 怪哉，连红油抄手也不觉得辣，是厨子手艺高明，让人吃糊涂了，还是他们特别照顾美国华侨，用了不辣的红油？记得最清楚的是一道夹沙肉，柔而不腻，香甜芬芳，比蜜汁火方好吃多了。 此味只应天上有，人间哪得几回尝？那是绝对的不辣，千真万确，记忆犹新。

再一次是几年前，朋友带我去成都市郊的郫县，买了正宗的郫县豆瓣，问我要不要尝尝他小时候吃的成都土菜，没什么油水的东西，饭店里不常见的。 去了，看见店里一盆盆的菜，都用米汤炖煮，白糊糊的，有炖洋芋、炖大白菜、炖洋白菜、炖豆角、炖一些不认识的瓜菜。 看来寡味，吃起来却十分鲜美入味，也不知其中还有什么佐料，总之既没辣椒也没花椒。 配着烤排骨吃，十足乡村风味，大快朵颐。

四川人吃辣

四川人能吃辣，爱吃辣，须臾不离辣椒红油。令人一提四川就想到辣椒，一提川菜就想到一盘红油汪汪、热气腾腾的佳肴。近十几年来，重庆火锅风行天下，更加深了人们"川菜就是辣"的印象，甚至流传"格老子不怕辣，辣不怕，怕不辣"的说法。清末民初邢锦生的《锦城（成都）竹枝词》有这么一首："豆花凉粉妙调和，日日担从市上过。生小女儿偏嗜辣，红油满碗不嫌多。"有人说，四川人天生吃辣，是遗传基因有特殊性，味蕾有特异功能。这类"想当然耳"的理论，在七十年前还引得鲁迅发飙，痛斥王平陵"四川婴儿哭闹，往嘴里塞根辣椒，就乖了"是胡说八道。

假如四川人并非先天遗传能吃辣，是否可以说是后天环境长期影响，自古以来就吃辣呢？

四川人自古以来就吃辣？非也，非也。要自古以来就吃辣，得有个先决条件，就是自古以来四川就有辣椒可吃。那么，四川在古代有没有辣椒呢？没有。不要说四川没有，全中国都没有。中国不是辣椒的原产地，辣椒是舶来品，进入中国是明末以后的事，是从海路传入的，传到四川已经是乾隆末年，甚或是嘉庆年间了。

历史证据清清楚楚告诉我们，四川人在古代不吃辣，也没辣子吃。司马相如穿犊鼻裈，文君当垆的小酒馆里，没辣子吃；李白"烹羊宰牛且为乐，会须一饮三百杯"，没辣子吃；杜甫住在成都，有客人来了，"盘飧市远无兼味，樽酒家贫只旧醅"，也拿不出一碟辣子来下酒；苏东坡那么贪吃的人，也一生没尝过辣子的滋味。 想来真是遗憾!

　　辣椒的原产地是新大陆,在中、南美洲由当地原住民种植食用。 因此,它是在西班牙人殖民美洲之后,随着其他美洲食物(如玉米、马铃薯、花生等)传入欧亚旧大陆的。 传入中国的途径,是先到东南沿海,再由江浙传到江西、湖南,最后到四川落户。 明末杭州人高濂在《草花谱》及《遵生八笺》中,都提到一种外国传来的草花,名"番椒",可供观赏,尚未作为食用。《红楼梦》第三回写贾母介绍王熙凤:"她是我们这里有名的一个泼辣货,南京所谓辣子。"可见乾隆年间,南京人已经尝到辣椒的滋味,而且普遍到可以借来形容人的个性了。 传到四川的时间,当在乾隆、嘉庆之际,也就是18世纪末19世纪初,距今只不过两百年,这从四川各地的方志记载,开始出现"番椒""海椒""辣子",可以得知。

　　有人说,古代四川不是有川椒、蜀椒吗? 不错,那是让你吃了发麻的花椒,不是辣椒。 所以,川菜不止辣,还麻,而且自古已然。

土笋冻

　　到厦门大学演讲，讲完后，朋友说："去九龙塘吃海鲜吧。"九龙塘？朋友看我满脸疑惑，就解释说，不是香港的九龙塘，是厦大后面靠海的炮台山胡里洞，现在改名叫九龙塘，那里的海鲜饭店我们以前去过的。他讲胡里洞，我就记起来了，因为第一次听到这地名还以为是"狐狸洞"，曾经问过"厦门有狐狸吗"这样的傻问题。以前去过两次，每次都吃到一种当地的土产"土笋冻"，想来这次也是少不了的。

　　菜上来，果然有土笋冻。朋友语带豪气，热情招呼，"来来来，吃土笋冻"，好像这土笋冻是天下第一美味，招待贵客，就像端出奉献给皇帝老子的贡品一样。"土笋冻"是土笋经过整治清理，炖煮出胶质，冷冻凝结而成的食品。土笋虽称"笋"，却与竹笋无关，而且不是植物，是野生在沿海泥滩上的一种环节软体动物，形状像蚯蚓，俗称"土笋""土钉""土蚯"。我查过数据，得到的生物学知识如下："学名革囊星虫，属环节动物门，星虫目。身长6～9厘米，有内脏，呈圆筒形、无体节、无刚毛。吻上有角质小钩，体表面呈淡黄褐色，并散布许多黑棕色小乳突。喜栖于软泥滩中，主要分布于低潮区泥质滩涂上，以底栖硅藻为主要食料。"听起来不怎么高明，似乎是海产的蜈蚣、蝎子之类，很吓人，若真是作为土仪上贡，跟皇帝老子说明"土笋"其实是长得丑陋的海蚯蚓，大概会遭到"欺君罔上"的谴斥，有杀身之祸的。不过，"土笋冻"成名已久，古代的达官贵人也吃，清初任福建左布政使的周亮工就在《闽小记》上说："予在闽常食土笋冻，味甚鲜美。"不晓得他在叩问皇上御体金安时，是否也曾竭诚奉闻这段美食经验。 我想他是不敢，"多磕头，少说话"的为官箴言，他一定知道的。

说土笋冻是天下至味，不是极度夸张，就是爱乡爱土爱到不分青红皂白。 平心而论，土笋冻别有风味，是福建沿海特产，别处吃不到，口感也不错，质地柔糯脆嫩，滑溜爽口，富有弹性，外观晶莹剔透，色泽灰白相间，的确比猪皮冻要高一两个等级。 不过，在美食领域中，就算比猪皮冻高三四个等级，大概也难称作"天下至味"。

朋友说，你别乱说乱道，我们闽南人有首歌，叫《哇，土笋冻》，你跟着我用闽南语唱唱："土笋冻呀土笋冻，最最好吃真正港（正宗），天脚（底）下，笼（全）都真稀罕，独独咱家乡出这项。""酸醋芥末芫荽香，鸡鸭鱼肉阮（我）都无稀罕，特别爱咱家乡土笋冻，哇，哇，想做土笋冻。" 跟着唱了两遍，越唱越糊涂，终于投降，承认土笋冻是天下第一美味。

厦门小吃

到台湾讲学，朋友请客，席上有一对新认识的厦门夫妇，先生是历史学家，沉默寡言，一语不发，愣然坐在那里，像他研究的碑记与墓志铭一样。朋友们知道我离乡近四十年了，长久不回台湾，问我，平时也想念什么童年时候的吃食吗？我说，时常想起猪血糯米糕，而且是蒸的才好，煮的、炸的都不好吃。蒸透了的猪血糕，用竹签插住一长条，比雪糕略窄，正反前后抹上辣酱，沾满花生粉与芫荽，香味与口感真是特别。说到猪血糕，我就想起自己匆忙跑过长长的巷弄，手里攥着两毛钱，奔向巷口的零食摊，饕餮儿时的美味。其实，猪血糕的味道并不细致，经不起细嚼慢咽的品赏，绝对得不到美食家的青睐。不过，猪血凝起的颗粒，粗粗的，沙沙的，质地像糙米，糯米则黏软有弹性，蒸在一起，倒是阴阳相济，刚柔调和，吃起来浑身舒畅。

"墓志铭"突然发话了，没错没错，猪血糯米糕的确要蒸的才好吃，我们在厦门也吃的，是厦门小吃嘛。看到他从千年沉寂中突然苏醒，我赶紧说厦门小吃很好，我每次都去一家百年老店，在中山路后面那条街上，叫吴什么的。"墓志铭"高兴起来，像秦俑复活了一样，眉开眼笑，只差还没手舞足蹈，大声回应，是"吴再添"啦，小吃种类多得不得了，烧肉粽、鱼丸汤、虾面、芋包，都很好吃啦。"墓志铭"夫人也笑逐颜开，参加讨论，是啦是啦，吴再添的虾面味道真的好，汤底是用虾壳、虾头剁碎，和猪骨一起熬煮成的，真材实料呢。鱼丸汤也好，配上胡萝卜片、芹菜、姜片，再洒一点胡椒粉，淋上麻油，哇，真香。"墓志铭"不等夫人讲完，急急插进来说，还有油葱粿、炒五香、沙茶面，哇，厦门小吃很多呢。

厦门夫妇一兴奋，又啦又哇的，带动了席上的气氛，纷纷七嘴八舌，扰攘起来。 一位刚从厦门访问归来的学者说，有人带他去吃一种海里的沙虫，是虫呢，以前没吃过的。 我说厦门叫土笋冻，是海里的沙虫没错，口感很特别，不过，更好吃的是厦门的冰冻小章鱼，真是爽脆无比。 厦门夫妇听我这么说，都连连点头，面带骄色，接着话头说，天下第一，无可比拟。 虽然听来似乎大言不惭，像是夸张吹牛，却离事实不会太远，因为我也算是吃遍天下了，记忆中，只有希腊爱琴海岛上吃过的橄榄油炙烤小章鱼，有着清澈海水的淡淡咸味，堪可比拟。

我说厦门这十几年来还有个新口味，煎蟹，很好吃，就是稍微咸了点，不符合医生给我的规定，可是真好吃，吃的时候就忘了医生的嘱咐。 厦门先生开怀大笑，说太太是同安人，最会做煎蟹了。 太太在旁插了一句，煎蟹不咸不好吃，下次来厦门，到我家来，做给你吃。

台湾牛肉面列传

　　走过九龙城，赫然看到一块金字黑漆大招牌，上书"台湾牛肉面"，不禁令我想起两件事，一是牛肉面在台湾发迹的历史，二是历史记忆商品化的无所不用其极。　就我熟知的台北而言，牛肉面的发迹，成为脍炙人口的小吃，被穷学术讴歌顶礼，誉为饱腹的至爱，是台湾，不止不止，是中国饮食文化史的一件大事，值得当代司马迁大书特书。

　　牛肉面早期的历史发展，粗略地说，可分两个阶段，由前期的清汤牛肉面逐渐转化为后期的红烧牛肉面，转变的关键时刻是 20 世纪 60 年代初。　50 年代，国民党刚败退台湾，惊魂未定，还整天勒紧裤腰带，大喊"反攻抗俄"，什么"一年生聚，二年教训，三年反攻，五年成功"。　因为物资缺乏，大家都穷，简朴倒是真简朴，在家里吃块红烧猪肉就算打牙祭了。火车站前的繁华区，沿着汉口街，倒是集中了一排清汤牛肉面摊，每次走过就闻到牛肉飘香，像撒旦布下的诱惑，令人神魂颠倒。

　　我刚上初中，囊中羞涩，存了一星期的零用钱，吃过一次。　是个寒冷的冬天，盛来一中碗面条，清汤表面浮着四五片薄薄的牛肉，撒上一撮葱花。　记忆中只有视觉的满足，热腾腾的清汤青中带黄，浮着团团油迹，牛肉则颜色泛白，像豆腐干。　帘外雨潺潺，味道如梦中解馋，一晌贪欢，醒来记不得了。

　　红烧牛肉面成为大国崛起，要到了 60 年代初我读高中的时候。　牛肉汤锅加了酱油、葱、姜、八角，甚至辣椒，面碗中开始出现成块的牛肉。 不过，那牛肉一般偏硬，嚼起来像木头，好不容易使出少林铁齿功，嚼成木屑，才些微尝到点牛肉的滋味。 知道内情的同学说，都是水牛肉啦，农村机械化了，有了铁牛拖拉机，老得耕不动田的水牛只好下汤锅，肉都发酸的啦。 果然不错，肉是有点酸。 后来牛肉面店每张台上都放了一大碗酸菜，以毒攻毒，以酸制酸。 这也是台湾牛肉面一定要放酸菜的历史原因，算是工业化历程的见证。

新新人类吃牛肉面，牛肉是新西兰或巴西的上等肉牛，还喊着要放酸菜，说放了才是正宗正点的台湾口味，真是少不更事，不知道当年的艰苦。 不过，历史就是这样，后人糊里糊涂，不知就里，却认定了习惯就是传统，当作普遍真理接受了。 成为习惯、成为传统、成为普遍真理之后，台湾牛肉面就在饮食文化史上占了一席之地。

到了 90 年代，台湾牛肉面不但风行美国的唐人街，居然还越洋"反攻"大陆，在内地各个大城市打出"台湾加州牛肉面"的招牌，开起连锁小吃店了。 当然，每张桌上都放了一罐酸菜，以示正宗。 近几年来，大陆工业化进程加速，方便面大行其道，台湾牛肉面也方便起来，历史地位愈加稳固，看来要流芳千古了。

为免后代子孙数典忘祖，不知源流，特为列传，以志始末。

永和豆浆

在大陆，常听朋友说起永和豆浆，充满了景仰的口气，一似小朋友说到麦当劳或肯德基一样。他们总以为"永和"是家百年老铺，就像全聚德的烤鸭、内联升的布鞋、天福号的酱肘子那样，传承有序。

其实，"永和"本来不是店名，是地名，是夹在台北市南端川端町与台北县（今新北市）中和乡之间的一片泄洪区，原来没什么人住，倒是有一片竹林。川端町是日本名称，其北紧接着萤桥町，是沿着厦门街在日据时期就发展的两块住宅区。川端町之南就是新店溪，溪上有座单行的川端桥（后来改名中正桥），过了桥就是乡下永和了。我在1949年随父母定居台北，就一直住在厦门街，直到1960年迁居永和，亲眼目睹了这一带豆浆店发展的过程。

在20世纪50年代，随着国民党败退台湾，大批大陆人来到台湾，也带来了大陆的饮食习惯。在厦门街就有家著名的开诚豆浆店，门口总是沸腾着一口大锅（印象中直径有一公尺，反正很大），乳白色的豆浆翻滚着诱人的泡沫。甜咸豆浆之外，卖的是烧饼油条与粢饭。小时候邻里说起豆浆，都说"开诚"，因为河对面乡下的永和，根本还没有像样的豆浆铺。

后来整治了新店溪，重修拓宽了中正桥（不再用日本名称了），人们也逐渐搬迁过河，形成了繁荣的永和镇。靠近桥头之处，因为是交通要冲，也就出现了好几家豆浆铺，卖早点。一家叫"中国"，一家叫"世界"，一家叫"国际"。我们那时笑说，再开一家就该叫"宇宙"了。三家竞争，烧饼油条愈来愈好吃，豆浆也香醇浓郁。

不过，早期没有一家用"永和豆浆"作为店名的，因此，连五十年老店都说不上。

咸豆浆

　　香港人喝豆浆（亦称豆乳、豆奶）、吃豆腐花（亦称豆腐脑），一般都加糖，入口甜丝丝的，柔腻滑润。 特别是在暑热时节，喝杯冰豆浆，吃碗冻豆花，入口即化，清爽过于冰淇淋，几分灵气进入内腑，让人想起苏东坡在《前赤壁赋》说的"飘飘乎如遗世独立，羽化而登仙"，是一大享受。

　　华北人喝豆浆、吃豆腐脑，一般也加糖，至少我熟知的山东、河北一带如此，可是长江流域却有不同吃法，加酱油、麻油，甚至加醋，加辣油，还加佐料，虾皮、葱花、紫菜、榨菜末、碎油条，形形色色，不一而足。 好在豆浆与豆腐脑都是平民化的大众食品，尚未遭到美食家的炒作，不然的话，过个几年，也会有人开个武大郎炊饼专门店，或潘金莲豆花精品美食坊，让我们喝 XO 白兰地烟熏鲍鱼粒豆腐花，或是鹌鹑黄金甲（即胆固醇最高的蛋黄）排翅豆浆。 谁知道呢，这年头人人疯狂追求创意，说不定真有人，看到我这信口雌黄就当了真，把豆浆与豆花提升到美食创意艺术的境界，开创豆花美食连锁跨国公司。 不过，我们有言在先，创意是我的，白纸黑字，立此存照，专利权归我，请勿染指豆浆与豆花这片干净天地。

　　说到五味杂陈的咸豆浆，最好喝的在台湾。 以我熟悉的台北而言，永和顶溪一带不必说，市中心也有好几家极为出色的豆浆店，如仁爱路近敦化南路有一家，复兴南路近信义路一家，三军总医院附近巷弄一家，以及延吉街近忠孝东路一家，豆浆都稠腻得让人联想到杜甫晚年的律诗，想到米芾的书法，想到张择端的《清明上河图》。 一碗咸浆上来，洒上半匙辣油，调羹翻动几下，看豆浆逐渐凝聚起来，好像清澈的澄潭逐渐结冰，却是热腾腾的，更像北海道温泉池泊落雪时的情景，令人神往。 碗中热气蒙蒙，喝上几口，觉得头顶也汗气蒙蒙，五脏六腑也有一股暖流通过，熨得平平顺顺的。 喝咸豆浆，得放辣油，而且不只是三两滴，得放上半匙才过瘾。 尤其是大清早，那半匙辣油溶在豆浆的作用，绝对有提神补气之效，让你的平旦之气（孟子的说法）有所提升。 香港人流行的说法，则是"排毒养颜"，驱除昨天仍然残余在体内的烦忧恶气。

大陆的咸豆花不错，但咸豆浆则难以入口，真是可以淡得出猫头鹰来。 我走南闯北，还没喝到一家咸豆浆是像样的，必也正名，应当叫作"咸豆水"，以免侮辱了具有中华民族特色的豆浆。 乱曰：君赴大陆旅游兮，千祈勿饮咸豆水；君赴台湾观光兮，切记喝口咸豆浆。

醇酒不醇

读《水浒》，时常读到英雄好汉们皱起眉头，心怀不满，抱怨"口里淡出鸟来"，不是说没肉吃，就是抱怨没酒喝，要不然就是嫌酒太淡。看来只有景阳岗的酒还对胃口，说是"三碗不过岗"，可武松硬是喝了一整坛，还因此打杀了一头吊睛白额的大虫。

照说现代人喝酒，不会再有酒保掺水，让人抱怨"淡出鸟来"之事。你想喝不淡的酒，实在不难，超市里洋酒充斥，要威士忌有威士忌，要白兰地有白兰地，都是酒精四十度。还嫌不够，有中国的茅台和五粮液，酒精度达到百分之五十几。还要更烈的，也有，金门高粱是五十八度，北京的红星二锅头是六十五度。真要媲美景阳岗的"三碗不过岗"，还有山东的琅琊台，酒精度可达百分之七十，恐怕要算世界之冠了。

可是天下事很难说，现代中国人的事更难说，酒足饭饱之后，突然想试新花样，喝起什么"醇"来了。茅台出了茅台醇，五粮液出了五粮醇，剑南春出了剑南醇，听起来好像比原来的品牌还醇厚可口，但事实却迥非如此。这些什么醇，只是商标口号，听起来醇，喝入口才发现酒味淡得多，原来是减低了酒精度的次品，与古代奸商往醇酒中加水的勾当无大差别。只是现代酒商聪明多了，不醇的酒，硬是给它起名叫"醇"，让人得个口彩，虽然口惠而实不至，却喝得高兴喝得爽。

不过，中国人喝啤酒更怪，更是花样翻新，层出不穷。本来好好的，有瓶装的熟啤酒，有尚未经过高温杀菌消毒的生啤酒，关键是不同的口味与口感，喝的是啤酒的醇味。 现在出了新花样，据说是中国人发明了"纯生"啤酒，以低温消毒法制成瓶装的"生"啤酒，是一种虽然不再新鲜却能永葆新鲜，虽然不纯是生啤酒却是"纯生"的啤酒。 好喝吗？我看不怎么样，徒有其表，不见其纯，既无熟啤酒的香醇，又无生啤酒的鲜纯，只是个两不搭边的杂种，价格却贵了一倍。 可是销路好，赚钱大大的有，应了张艺谋的座右铭："好不好，市场说了算。"于是，人人喝纯生，好像喝的是名牌就行，谁管它什么滋味。

近来啤酒花样更多，又出现了淡啤、爽啤，精爽、清爽、超爽、冰爽，各种名目，不一而足。 其实，所有这些新名堂都是同一种东西，即 light beer，只不过是酒精度较低，喝起来不像啤酒而已。 人们也不管，不醇的叫"醇"，不好喝的叫"纯生"，不像酒的叫"爽"。

食物禁忌

　　小时候经常看到一张食物禁忌图，挂在家家饭厅或厨房墙上，在烟熏油燎之中像灶王爷的符表，保护着每家大小，以免吃错了食物，病从口入。记得比较清楚的是，公鸡不能与柿子同吃，螃蟹不能与柿子同吃，大毒。出现频率最高的，是柿子，其次是公鸡、螃蟹、甲鱼、鲇鱼、驴肉。总之，不要与柿子同吃，吃了大毒，好像柿子是毒药一样。那图上画的柿子，红红的、圆圆的，颇似拉丁美洲所产的哈拉匹牛辣椒，也像番瓜状的手榴弹。奇怪的是，大人倒时常买柿子当水果，而且任着我们吃，从来没警告过柿子可能有毒。这不禁令我从小就怀疑，那张食物禁忌图到底有没有科学根据，到底在警告什么？是吃了中毒，还是做出来的菜不好吃？有次问母亲，说柿子没毒，公鸡也没毒，煮在一起为什么就"大毒"了？母亲说，去去去，别捣乱，把我从厨房赶了出来。或许是母亲的"反智"态度扼杀了我刚刚萌发科学求知的幼苗，我居然没再追问，不像那些伟大科学家在童年时锲而不舍，会去偷两个柿子、一只公鸡，自己煮一锅，吃了实验实验。

　　近来因为向朋友推荐一本明代商人写的《士商类要》，也就重新翻看了这本明末出版的旅行须知。其中有一节"饮食杂忌"，是警告人们旅行时不要吃乱了，引发疾病。所记颇似我小时看到的食物禁忌，想来就是一直流传到20世纪食物禁忌图的老祖宗。一开头还有点道理："铜器内盛酒过夜，不可饮。"看到后面，就开始怀疑起来了："饮酒食红柿，令人心痛。饮白酒，忌诸甜物。葡萄架下，不宜饮酒。"酒喝多了是不好，但与吃红柿、吃甜品、在葡萄架下喝，有什么关系？

"牛肝不与䲆鱼同食。 羊肝不与猪肉同食。 犬肉不与蒜同食。 猪肉不与生姜同食。 鳖不与薄荷、苋菜同食。"回顾自己一生吃食的经验，好像这些禁忌都吃过，也没出毛病啊？

"茶与韭同食，耳重。 孕妇食兔肉，令子缺唇。 食鳖肉，令子颈短。 食桑椹鸭子，主倒生。 食螃蟹，主横生。"看到这，算是懂了，原来根据是"形象思维"：茶叶跟韭菜都是丛生的，吃了就重听了；兔子缺唇，吃了，生下的小孩就有兔唇；王八会缩脖子，生子就颈短；桑椹垂实累累，鸭子会打跟头，小孩就倒着生；螃蟹横行，小孩就横着出来。

总算明白了食物禁忌图的根据与道理。 但是，我还是缺乏科学实验精神，不会煮一锅柿子公鸡煲的。

腊八与过年

　　过了阳历 12 月，庆祝了元旦，就想，快进入腊月了，快过年了。 这个念头很有趣，因为才过了阳历新年，想的却是"年"快到了，下意识里是以阴历（旧历）年为真正的年，刚过的阳历年只算是正餐的前点，与"热热闹闹过新年"是不搭界的。 好在习惯上称阴历十二月为腊月，否则，过了元旦，就想着进入"固有传统之十二月"，真会把人搞糊涂，分不清时序。

　　我们还习惯称呼阴历年为农历年，因此，导致一些人以为农历即是阴历，则是莫大的误会。 其实，中国的农历是阴阳合历，有月亮的阴晴圆缺作为标准，计算月份；也有太阳的春夏秋冬为标准，订定农耕所必需的二十四节气。 这也是为什么清明总是在阳历 4 月 5 日前后，小寒总是阳历 1 月 6 日左右，大寒总离不开阳历 1 月 21 日。 而腊八与阴历年就不一定了，每年都不知道会落在阳历哪一天，都得查。 以前跟着阴历过日子，不用查，要查也只是想弄清过年与农耕节气的关系，那就查黄历（皇历），也就是中国传统的 farmer's almanac。

　　小时候搞不清楚腊八是怎么回事，只知道有腊八粥吃，也就吵着要吃。 我们家里煮的腊八粥材料还真不少，有白米、薏仁、大红豆、小红豆、桂圆、莲子、花生、红糖、白糖，有时还掺点绿豆，不知道为什么。 后来读到满洲人富察敦崇写的《燕京岁时记》，里面记载北京的风俗："腊八粥者，用黄米、白米、江米、小米、菱角米、栗子、红江豆、去皮枣泥等，合水煮熟，外用染红桃仁、杏仁、瓜子、花生、榛穰、松子及白糖、红糖、琐琐葡萄，以作点染。"比我们在台湾吃的似乎还复杂，不过意思相同，就是乱放一通，把好吃的都混成一锅煮了。

相传腊月八日是释迦牟尼成道日，佛教在中国流传的过程中，效法牧女献乳糜的传说，取香谷及果实熬粥供佛，当然是有什么好吃的就放什么，逐渐与民间习俗合流，变成吃腊八粥了。 民俗研究者认为，腊八粥始于宋代，有不少文献资料可证。 孟元老的《东京梦华录·十二月》说："初八日，街巷中，有僧尼三五人作队念佛，……诸大寺作浴佛会，并送七宝五味粥与门徒，谓之腊八粥。 都人是日各家，亦以果子杂料煮粥而食也。"庄绰《鸡肋编》卷上则说："宁州腊月八日，人家竞作白粥，于上以柿栗之类，染以众色为花鸟象，更相送遗。"这风俗有点怪，颇似宋朝人玩"点茶"，在杯盘之中进行艺术造型，算是古人的装置艺术。 不过，这种艺术化的"腊八白粥"大概不怎么好吃。

吃完腊八粥，就等着腊月二十三祭灶，供糖瓜或麦芽糖，过小年。 灶王爷吃了糖，嘴是甜的，上天言好事去了，我们就真正进入了"无王管"的年节，开始过年了。

大年初一吃饺子

从小跟着父母过年，遵循的是北方习俗。除夕夜，一切准备就绪，屋里屋外打扫干净，父亲写好了春联，贴在大门口，上供的祭品置放安妥，一对儿臂般粗的红烛点燃之后，开始包饺子了。家里七八口人，总得包上两百个饺子，一般是白菜猪肉馅儿。包年夜饺子，其实没有什么大讲究，跟平常包饺子差不多，只是父亲总是正襟危坐，千叮嘱万叮嘱，要改口称"元宝"。我们小孩调皮，父亲转身看不见的时候，我们就挤眉弄眼，悄声说"包饺子、包饺子"，然后窃笑不止。

包年夜饺子，的确也有异于寻常饺子之处，就是要藏入两枚铜钱（其实早已是镍币了）、两小块年糕、两颗糖。下锅煮了之后，这几个受了特种训练的元宝，混在饺子的大部队中，再也无法分辨。不经意吃到钱的，今年会发财；吃到糕的，做事的会高升，考学的会高中；吃到糖的，当然是一整年过得甜甜蜜蜜。

年夜饺子包好了，要等到大年初一才能吃。我们家的习惯是，大人守岁，小孩则早早打发上床睡觉，因为清晨5点要起床，祭祖拜年吃饺子（不，吃元宝）。后来我长大了才发现，原来大人守岁，也只守过子时就上床了，并非通宵不寐。早上起床后，先跪拜祭祖，随后向父母磕头拜年，领红包压岁钱。典礼仪式完毕，父亲就用一根长长的晾衣竹竿撑起一长串鞭炮，伸到门墙外面，劈劈啪啪放起来。放完鞭炮，诸事大吉，全家团聚吃饺子。

清朝的富察敦崇《燕京岁时记》说元旦（即大年初一）：

"是日，无论贫富贵贱，皆以白面作角（饺）而食之，谓之煮饽饽。举国皆然，无不同也。富贵之家，暗以金银小锞及宝石等藏之饽饽中，以卜顺利。家人食得者，则终岁大吉。"所说的北京风俗习惯，也就是我家依然遵循的北方习俗。是不是"举国皆然"，就很难说，因为南方人似乎没有过年吃饺子的习惯。你去问问江浙人、福建人、广东人，他们一定觉得，大年初一吃饺子，是异风异俗。

根据清宫所藏档案，清朝皇帝大年初一吃饺子，习惯与北方老百姓差不多。元旦日一过子时，先祭祖礼佛，拈香放爆竹，然后回到养心殿休息，吃饺子。因为天色尚早，不算早膳，御膳房便呈上四个或六个饺子。只上四到六个，其中大有讲究，不单是因为点心不宜太多，还有更重要的"阳谋"。御厨早已准备好两三个通宝，暗藏在饺子里，皇帝至少要吃三四个，则必定会吃到大吉元宝，而且还可能接二连三，大吉大利。

连皇帝都要吃饺子，讨吉利，看来我们家传的古风习俗，也可算是文化遗产了。不知道会不会有什么社会贤达为之奔走，向联合国申请"非物质文化遗产"？

游于藝

颐和园石舫

许多年没去颐和园了。 上一次是七年前，住在北大，有辆自行车，每天早上五时起身，骑着车乱逛。 有一天骑到颐和园东北角，见一群人都把自行车斜靠在墙边，从一个小门入园。 我也老实不客气随着大流入了园，就此每早在颐和园晨练，持续了一个多星期，把颐和园摸了个遍。 后来猜想，人们大概都有年票，大清早没人管，便开个小门，任人出入。反正不会有观光客在破晓时分，顶着熹微的晨光来逛园子。

这次来颐和园，由后园的苏州街拾级而上，翻过万寿山后山，绕过正在修葺的佛香阁，从排云殿迤逦下山，一直走到昆明湖边。 因为长廊也在整修，包了个严严实实，雕梁画栋全裹在层层缠绕的塑料布中，颇感扫兴。 朋友说，再过几个月就焕然一新了，去看看石舫吧。

眼前的石舫似乎与记忆中的不同，少了一种苍凉的沧桑感，也缺少历史磨蚀的斑驳。 倒像是半老徐娘，涂脂抹粉之后，打起绢帕，学十八岁的格格，迎风摇曳，袅袅娜娜起来。石舫上层的栏柱，都漆髹了彩色的藻饰，仿欧洲宫廷廊柱或帷幕上的图案，好像随时会从柱后闪出一位金发贵妇似的。 想来这也是最近的"焕然一新"，应当是慈禧刚修好颐和园时候的风光吧。

从小就听说，建造颐和园，费资五百万两白银，挪用了北洋舰队的海军经费。 假如这笔经费好好用在海防上，则甲午之战还不知道鹿死谁手，李鸿章也不至于去签丧权辱国的《马关条约》。 还有一位老师说过，这艘石舫是中国的奇耻大辱，慈禧为了一己的赏玩，建了这艘不能动的石头船，却葬送了北洋舰队，也葬送了大清帝国。

我跟朋友说，石舫原名清晏舫，是乾隆二十年（1755）建的，比甲午战争早一百四十年呢，与北洋舰队的经费无关，要怪也只能怪重修颐和园，特别是万寿山与昆明湖的修建。朋友说，其实我们都得感谢慈禧，感谢她老人家挪用了五百万两海军经费，才有了今天的颐和园，成为世界文化遗产。否则，还不是给北洋舰队贪污腐化掉了，一样打不赢甲午战争。

听了朋友的"反动言论"，我肃然起敬。想起近来马幼垣的一篇学术论文《刘步蟾与东乡平八郎》也是说的这个理，不禁惘然。

学中文

北京的地铁虽然不怎么舒服，却十分便捷，可免塞车之苦。从西直门到王府井，不过十几二十分钟，这跟我有一次塞车塞了一个小时相比，优劣判若云泥。有位司机告诉我，在北京二环附近，出门别忙着打车，先坐地铁，到了你要去的地方，再坐出租车，包管省下你一大截时间，且不说省钱了。

这一天我又在西直门搭地铁。售票窗口前面是一对洋夫妇，带着两个小男孩，大的约六七岁，小的三四岁。那先生中等身材，面庞黧黑，有点中东人的特征，倚在售票窗口一侧，对买票一事不闻不问。太太长得粗粗壮壮，肤色白皙，听她口音像英国乡下或澳大利亚来的，正推着大、小孩去买票。

小孩犹犹疑疑，举起四根手指，说"四"，听起来像说"死"。售票员板着脸，面无表情，口齿倒是清晰："上哪儿？"小孩又说："四。"售货员再说："上哪儿？"小孩显然是听不懂，回头望望母亲，母亲以鼓励的表情，努努嘴，要小孩继续。"四"，"上哪儿？"好像演出贝克特《等待弋多》之类的现代戏。我好心帮了一句，用英文对小孩说："Where are you going？"听到这句话，母亲突然暴跳如雷，用乡音颇重的英文大喊："我在教儿子学中文，少来干涉！"我也火了："不要在公众场合，浪费别人的时间。"丈夫这时介入，赶紧买了票走开，太太还一路唠叨，连说倒霉。

想来她在中国旅游，一路上颐指气使，满街抓着中国人给小孩学中文，从未倒过霉。

造　假

在北京的地铁上，大概到了前门站，上来一男一女两青年，各挟着一叠报纸。列车开动，听到男的喊："号外新闻啦。刘德华在香港九龙遭人枪杀，遭黑社会枪杀死亡。"他摇着手中的报纸，薄薄一小份，头版标题没看清楚，倒是有半页的大照片，是刘德华没错。接着听到女声："刘德华遭暗杀死亡，享年四十五岁。"刘德华四十五岁吗？我不清楚。喊得煞有介事，大概是新闻卖点吧。

一男一女穿梭在地铁车厢中，来回喊着这条大新闻。车厢乘客不少，虽不挤，但也是挨挨蹭蹭的，却没有人反应。我看看身边的乘客，有老有少，有家庭妇女，也有衣着整齐的上班族，脸上都没有表情，好像泥塑菩萨一样，雷打不动。可能是司空见惯了，今天听刘德华遭枪杀，明天听章子怡跳河，后天听巩俐上吊，来来回回，死而复生，生而又死，总有七八十回了吧？"狼来了"听多之后，都成了泰山石敢当，练就金钟罩、铁布衫，百毒不侵，百邪不避，你说下天来，我也没反应。

小伙子大概十七八岁，分头梳得不甚齐整，带点匪气，扯着嗓子又喊了两三次，没什么花样。既没说中了三枪还是五枪，也没说是胸口还是头部中枪，更没说警方有没有逮捕凶犯。来来回回就是那一句，"刘德华死了"。我偷眼看到那份报叫"法制报"，大概是非法报刊。女青年面庞黧黑，叫了两声就不叫了，只是不断挥摇着手中报纸，像是卖菜的妇女拿着蝇拍赶苍蝇似的，他们的口音，像河北乡下的，可能靠近天津一带，我听不准。

　　这算是什么生意呢？造假新闻，贩卖假报纸？有人看吗？印这么份报纸，得有人写出这么些字来，还得印在三五张对开的纸上，纸费、油墨费、车费，都是资本，能卖出多少钱来？一份一元，算是贵的报了，有几个人会买？不是摆明了赔本生意吗？怎么会有人造这种假，干赔钱生意？怀疑会引人胡思乱想，佛家所说妄相生幻，就不禁瞎猜，这背后是否有组织，有阴谋，是公关公司安排的另类广告？今天打死刘德华，明天牺牲章子怡，后天枪毙巩俐，下星期就推出三位联手合演的大片？

　　在屡屡造假的世界里，虚构就是真实，思维也就不需要逻辑。

恭王府花园

　　大清早，恭王府花园外面已经挤满了旅游团。 打着红三角旗的、黄三角旗的、白三角旗的、蓝三角旗的，是导游；戴着红帽子的、黄帽子的、白帽子的、蓝帽子的，是旅游团员。还有一些杂着色的团体，一队队、一行行，排得挺整齐，好像等着检阅。 我不禁想，这不是新世纪的八旗子弟吗，来给恭王问安了。 不过，从导游到街上蜂拥而来的小贩，都不提恭王。 人人都在说和珅，卖的纪念品也都是与和珅相关的物件。 我不禁又想，此地为恭王府，但是贩卖给游客的实质内容却是和珅府，这不是挂羊头卖狗肉吗？

　　花园倒真是不错。 比江南园林有气派，但又兼有一些细腻曲折的幽深与优美情趣。 有几个接连的院落，一进有紫藤架，一进映着翠竹，又一进隔着月洞门是嫩绿的芭蕉，的确引人遐思。 难怪有些红学家迷了心窍，非要索隐探秘，一定得证明这就是曹雪芹笔下大观园的蓝本。 好像和珅盖这花园的时候，请曹雪芹来监工似的。

　　恭王府内的导游全穿着制服，说同样的话，做相同的宣传，表演一样的骗术。 最能吸引旅游团员的安排，是说园中有块天下第一福字碑，是康熙的御笔，每年只有三次开碑拓印，而诸位来得真是巧，这三天刚好就是其中一次，也是为了保护国宝，封碑以前最后一次拓印。 一共只印了两百张，每张两百六十元，过了这村，可没这店了。 于是，人人抢购。 我站在旁边算算，进进出出，何止一两百个团，今天大概卖了两千张不止。

　　恭王府外，同样的福字碑拓印直轴，六十元一张。

沙尘暴

　　黄沙漫天。 北京的天空经常是灰蒙蒙的，可现在，却在灰蒙蒙中带着暗黄色的杀气。 朋友说，今年的沙尘暴比较严重，算是你赶上了。

　　要形容北京的沙尘暴，该强调的是那个"尘"字，因为沙尘是细若粉末的黄土尘，十分轻扬的。 漫天飞舞时，还伴着柳絮一道蹁跹，飘浮在空中，好像诗人的灵感在虚空中徜徉，上下左右流动，寻找什么伟大的归宿。 这不禁让我想到汤显祖写《牡丹亭·惊梦》一开头的曲文："袅晴丝，吹来闲庭院，摇漾春如线。"只好感叹北京的季候风味实在不如江南，人家是春光摇漾、诗情画意，这里是沙尘摇漾、昏天黑地。 难怪康熙和乾隆都要下江南，春暖花开，禁锢了一冬的郁闷得以舒解，却劈头盖脸来一场沙尘暴，虽说黄为正色，象征帝王威仪，君临大地，那尘土吹进嘴里、塞满鼻孔的感觉，毕竟令人窒闷不快。 贵为天子，拿老天爷也没办法，只好想想春光明媚，下下江南了。

　　还好北京的沙尘暴不是沙砾暴，不像内蒙古、甘肃一带的飞沙走石，连车窗的挡风玻璃都会打碎。《水浒传》里有个混世魔王樊瑞，会使妖法，打仗时口中念念有词，喝声疾，就见狂风四起，飞沙走石，天愁地暗，日月无光。 要等到法术更高的公孙胜出来，才镇得住。 不知道公孙胜治得了飞沙走石，能不能镇住北京这种温柔敦厚式的沙尘？要不然请他每年春天做场罗天大醮，像香港特区政府推展旅游所宣传的太平清醮那样，倒也是北京一道亮丽的风景。

好在沙尘暴不像江南的梅雨，两天之后，天清气朗，万里无云。 北京的春天，也有十分亮丽的时候。

桃红柳绿

全球暖化让人担心，春天的脚步也加快了。苏东坡说，"春江水暖鸭先知"，其实说的是人类观察自然变化，春暖花开，鸭群戏水，芦蒿抽芽，河豚上市，真是良辰美景，更兼盘飧美味，陆续有来，赏心乐事，其趣何如。现在则鸭群还懵然未知，人群尚无心理准备，春天就已降临，来得突兀，让人措手不及。就有点惴惴不安，怕是老天爷在考验人类的应变能力，先给你来点祥异，再来就可能是灾变了。古人说春暖，讲"春三二月天"，说的是阴历，相当阳历的"人间四月天"，姹紫嫣红开遍，是顺应自然的景象。现在时序提前了，表面仍然是姹紫嫣红开遍，不过，科学家也和古代的谶纬学家一样，发出了警告，说大事不妙，天变在即，有识者该学诺亚去建方舟了。

我在四月初到达北京，刚躲过了沙尘暴，就看见满城飞花的春色。不禁想到人的历史感是极其短暂的，能维持个三两天就不错了。眼前的桃花艳红一片，杏花皎白中带一抹粉色，衬着蓝天白云，远处丛丛簇簇新发的柳条，像大泼墨笔触挥洒的嫩绿，相映成趣。春城无处不飞花，看着眼前的桃红柳绿，一高兴，就进入了唐诗境界，忘了全球暖化的严重后果，忘了北京城拆毁的城墙与胡同，忘了集体记忆早已被抹杀，只剩下童年背诵的诗句了。

走在北大的未名湖畔，看到新柳抽芽，客舍青青柳色新，油然感到大自然再生力量的可爱与可贵。第一次站在这湖边，距今有四十年了，陪我散步的老教授已归道山，跟在后头的青年学员有的已经接了班，成了教授，也已白发苍苍，齿牙动摇了。然而，新柳抽条的景色却一如往昔，好像时间这头巨兽已经锁上了铁链，禁锢在未名湖底，年年春色依旧，只有人儿老去。

其实，也不该想得太多。生年不满百，常怀千岁忧，真的是自寻烦恼。人活一世，草活一秋，只是动植物的差别。春草年年绿，王孙归不归？桃红柳绿又一年，青青子衿满校园。眼前不只是桃红柳绿，还有许多未曾识面的年轻人，睁亮新鲜求知的眼眸，就像湖畔的新柳，散发着青春的气息。

在全球暖化带来灾难之前，未名湖的柳色依旧。即使时序不准，人面桃花不再依存，柳色仍然年年嫩绿，总有一代新人前来赏春。

什刹海

　　什刹海这几年来十分火红，沿着前海一溜都是酒吧、饭店、咖啡馆，门面是雕梁画栋，要不然就是髹漆着桐油的旧窗格，总之，煞费苦心给人一种前朝沧桑的历史联想。　朋友说，这儿是元大都运河的终点，漕运的粮船都聚集在银锭桥北，昔时的水面宽阔得多，至少是现在一倍以上。　可以想象，什刹海沿岸车马喧阗，人来人往，水手下了船在小酒馆里呼朋引类，喝大碗酒，吃大块肉，脚夫歇息在小摊边上，喝一碗酸奶或"发馊"的豆汁。　马可·波罗赞叹元大都的繁华，人气鼎盛，国势昌隆，不知是否见过什刹海边上的景象？关汉卿应当是见过的，也曾银锭桥上过，穿过桥边的胡同，到瓦舍去给珠帘秀说戏去了。

　　这些历史联想，和什刹海沿水而建的酒吧、铺面完全不相干的，朋友说。　眼前看见的一切，都是假古董，除了那座银锭桥。　真的明清屋宅，全拆了，盖些假的，好让"洋鬼子"以及在跨国公司打工的白领"二鬼子"来消费。　许多古色古香的酒馆，都是洋人老板。　老北京早就毁了，现在建的只不过是个赝品，反正大家的历史记忆早被抹杀了，拼凑些古建筑的符号，穿件团花丝绸的棉袄，戴顶不伦不类的瓜皮帽，就重新建构了"集体记忆"，喝喝红酒，抽支雪茄，品尝河南小姑娘端上来的四川水煮鱼，就心满意足。　闹腾了一两百年，又是革命，又是除旧布新，又是美丽新世界，闹来闹去，就闹出个这样的赝品啊？朋友是在北京胡同里长大的，一生经历的就是北京城的拆与建，说起北京的建设，就气不打一处来。　有时我都怀疑，他是不是正黄旗出身？

　　我一向起得早，就在清晨六点钟左右散步到了什刹海，湖西的酒吧饭店都紧闭着大门，没有一个寻欢作乐的"鬼子"或"二鬼子"，安静极了。倒是湖东边，垂柳旁，一些老人家打太极拳，还有一位练着剑，一招一式，沉稳中见潇洒，煞是好看。有人穿着扎腿裤，足登软底快靴，拿了个骑马式，手中还滚着两只铁胆。我不禁想，这不是平江不肖生《侠义英雄传》里面的人物吗？晨风拂面，清爽得像童时听到的儿歌。

想起了草山

台北近郊有座阳明山，现在成了公园，以春天的山樱及杜鹃著称，每到春和景明之日，游人像蝗虫一般，塞得满坑满谷，拥挤情况甚于街市。 我小时候可不是这样，也不知是那时人口稀少，还是人们没有游春的习惯，阳明山上从来不会人声喧阗，从来不曾见过摩肩接踵的景象。 那时山名刚改作"阳明"，我们叫不惯，依旧称之为"草山"，想远足就说去"草山公园"。 听说蒋介石看上了山旁风景优胜，驻跸于草山行馆（近时遭人纵火烧了），就有懂得风水的清客说"草山"不好，落脚台湾，驻跸草山，岂不是"落草为寇"了？老蒋先生正学同乡越王勾践卧薪尝胆，生聚教训，以图"反攻大陆"，就以另一位同乡先贤王阳明之名改了草山之名。 台湾现在流行"正名运动"，真要溯源，老蒋就是遵循孔老夫子的教导，"必也正名乎！ 名不正则言不顺，言不顺则事不成，事不成则民无所措手足"。

不说现在，还是回到当年山静如太古的草山吧。 我们经常十来个同学一起去爬山，从芝山岩沿着盘山公路蜿蜒而上。那时的公路只有一条车道，对面来车要找个比较宽敞的路段相让，不过，平时并不见车，任凭我等高歌行进。 下山的道路则选择山腰一条仄径，经过一片橘子林，橘园虽有围篱，但通口不少，可以自由进入，我们也就如入自家后院。 到橘子成熟时，当然也不会客气。 有一次见到橘园主人，看到我们一群不速的踰垣之客，非但没有生气，还热情招待，叫我们自己动手去摘橘子，还说带点回家，孝敬父母去。 这不禁让我想起陆机怀橘的故事，心里暖烘烘的。直到今天，五十年后，想到草山（应当叫阳明山了），就想起那一片橘林，想到那位面庞黧黑的果农，想到他充满了阳光与热情的笑容。

已经有七八年没去阳明山了，不知现在是否还是热闹如市集。五十年前的草山印象，早已消失在急遽变化的经济发展之中，但却镂刻在我的记忆里，愈来愈清晰。不知这种刻骨铭心的记忆，可不可以申报世界文化遗产？没有了物质性的景象，只剩下回忆，我们只能学孟元老写《东京梦华录》那样，通过笔端，记录一段逝去的情怀。

台北旧模样

在台湾开一个国际研讨会，会场分设两地，先在中坜的"中央大学"，后在台北的"中央研究院"。有一位马来西亚的朋友，开完三天会议，转战了两地之后，向我感叹，台北还是旧模样，还保持了当年的农村风味。我问他什么意思？当年是什么时候？

他说，二十五年前曾到过台北，现在回来，从车行两侧的街景来看，台北还是旧日模样。我不禁大笑，说我们其实从未进城，只是绕着市区边缘行走。台北市区高楼大厦很多，这二十五年来的变化，平地起高楼，繁华的都会景象，真是"罄竹难书"。我们先是住在中坜，后来乘巴士经高速公路，从台北郊外的山后到达南港的"中研院"，根本没见到台北市景，难怪他会说，二十五年没变，台北还是旧日模样。

朋友一愣，说没见到台北市区吗？会后还有一天的游览参观，总有机会见识这二十五年来的变化吧？我只好忍住笑，告诉他，游览参观的十三行博物馆及台北故宫博物院，都在郊外，巴士行车一天，都避开了市区，他是无缘见到繁华的台北了。不过，要说变化，绕开市区的中山高速公路就是最好的见证。在从前，即使是三四年前，从中坜到南港的"中央研究院"，就非穿过台北市区不可，虽然不会行经闹市，但远观市景，也可得见摩天大楼林立。现在交通便捷了，可以不必穿过市区，于是，也就满眼农村风味了。

朋友说，我这一趟台北之行倒是奇遇了。过了二十五年，居然依稀旧日模样。所以亲眼所见，也有局限，以管窥豹，只见其斑。朋友是中文系教授，出口成章。

艺圃三伏天

艺圃在苏州阊门内文衙弄，是联合国定为世界文化遗产的一处园林，临池有一溜水榭，是赏园观鱼作濠上之想的好去处。现在设有茶座，可消永日。 我每年去苏州，总在这里歇歇，冥想文徵明的曾孙文震孟。 其在大学士位上，面临朝政纷乱、党争不断的局面，遭人攻讦暗算，告老还乡，就住在这方园林之中。 眼前这一片水，水外是叠山苍翠，大概老怀堪慰吧。

出租车司机没听过艺圃，不知在哪里。 在文衙弄，没听过；在十间廊屋旁边，没听过。 是苏州本地人吗？是格，是格。 先往阊门那里开吧，我认得路。 好格，好格。 过了一座短桥，前面是一区残旧的巷弄老屋，依稀旧日脚踪。 到了，就在附近。

穿过狭仄的巷弄，两边是低矮的屋檐，好像埋伏着昔日的惆怅。 石板小路崎岖不平，汽车不能进，是几百年身影步履挤压的后果，走过去，还听得到世世代代的哀叹，在寂寞巷落中回响。 天太热，园中林木都垂着头，像入定的老僧。 走在园中，空气是停窒的，偶尔闪过一阵风，热辣辣的，好像来自塔克拉玛干沙漠。 怪哉，苏州三伏天怎么热成这个样？绕了一圈，回到水榭茶座，喝杯茶，散散热。

水榭里只有一位妇人，当然就是服务员了。 见了我，理也不理，大概是热得不想动弹了。 说天太热，茶烫。 我说，冰矿泉水有吧？于是，坐在延光阁水榭里，喝着冰水，凭栏观鱼。 心想，文震孟在三伏天也喝冰水吗？还是依旧喝他的芥茶，流一身汗，然后振衣假山岗，濯足清水塘？

杨柳春风

香港的夏天十分溽热，典型的南国气候，走在街头，不知不觉就是一身汗，暑暍难当。 好在烈日不太在临海地带展示威风，不像北国大地，动辄摄氏四十度、四十二度，热得人发昏第四十二章经，南无阿弥陀佛，连魂魄都摄到极乐世界去了。 香港人承受暑暍的临界点是摄氏三十三度，到此极限，就当作官方大事，由天文台正式宣布，进入"酷热"状态，好像世界大战已经爆发，四面八方已经飞来烈日型三十三号，甚至是三十四号核弹，出门若有伤亡，不要怪政府没有事先警告。

为对抗"烈日核弹"来袭，香港倒是早有防御性武器，即遍布全城的冷气防卫罩。 走出门来，上巴士，下地铁，都有冷气护卫，更不用说自己开的私家车了。 走在熙攘的街道上，店铺里也吹出阵阵凉风，沁人心脾，使你误以为这是清凉佛地，糊里糊涂就走进了阴风笼罩的盘丝洞。

其实，香港的大资本家一定很喜欢溽暑的夏日，因为他们老早就营造了硕大无朋的盘丝洞，吹着凉丝丝的微风，装置了明亮的灯光，罗列着五光十色的商品，还有盘旋伸延到每一个角落的电动扶梯，让你不必移动痴肥懒惰的尊体，就可以行在目不暇给的山阴道上，沉迷于信用卡无限消费的淫佚之乐。

我喜欢的消暑之地是图书馆，图书馆时常让我想起古人的诗句："沾衣欲湿杏花雨，吹面不寒杨柳风。"诗句说的是春雨江南充满了温馨的浪漫与闲适。 诗句作为象征，则可说是图书馆里开卷有益，古人的才华智慧、今人的真知灼见，都如凉爽的冷气，习习拂过眼前，春风化雨，又如诸天雨花，点点滴滴，浸润在心田。 香港夏日，杨柳春风，亦是一乐。

夏日的风

　　天渐渐热了，而且潮湿，时常有喘不过气的感觉。 好在一走入教学大楼，冷气扑面，令人精神一爽，头脑清新，一日之计在于晨，马上就清楚了一天工作的缓急轻重。 难怪李光耀曾说，人类最伟大的发明是冷气。 假如新加坡没有冷气，从早到晚汗流浃背，思绪在加温的云蒸雾蔚之中升腾，像桑拿浴室中观看五彩烟花一般，新加坡人清醒明快的效率大概早就飞到爪哇国去了。

　　热带人懒散，一则因为食物来源丰足，遍地长着蔬果，手到食来，不必去想粒粒皆辛苦的盘中餐，二则天气太闷热也是个原因。 动一动，一身汗，何如不动？ 走一走，就发喘，何如不走？ 冷气发明了，室内空气如欧美一样清新凉爽，如何不努力工作，为社会做出更大贡献？

　　我倒是有点不知好歹，时常怀念起没有冷气的日子，坐在大榕树下，等着风来。

　　炙热的太阳晒透了屋宇，室内的热空气成了一团凝固的溽热。 坐在室内，就像误蹈入了泥淖，愈陷愈深，呼吸困难，昏昏欲睡，慢慢便不能思想，只觉得他生未卜此生休。 此时最佳的避暑胜地，就是空旷的街边，在榕树的遮荫之下，等着风来。

　　那风并不凉爽，但却轻佻盈动，拂着你的脸颊，掀动你的衣角，有时还来拨弄你的头发。 或许是那种流动，那种大自然原始的挑逗，牵动了昏昏沉沉的脑神经，让你觉得夏日的溽暑还有清凉的片刻。

清风徐来，来自何处？或许可以套句禅僧的话语："来自来处。"反正有风，就有清凉舒爽，没有冷气的夏天就还有些滞重窒闷之外的变化，还有些情趣。

旺角花园街

那些临风而立的残旧招牌，像一面面大旗，展示在空中。风来时，屹立不动，像布在沿街两岸的八阵图，等着千军万马来袭。没风的时候，相望咫尺，态度也不怎么友善，倒像悬崖边上的危石，突出在峭壁之侧，睥睨着街上的行人。

行人来到这条街上，都驻足流连，成了人潮潴留的渊薮。摊贩把货架伸延向街心，恨不得化为中流砥柱，使行人不得不经过它跟前，最好当然是停下来，翻拣翻拣，议议价，最后买点什么。街头有几个水果摊，堆着天南地北来的瓜果。有深红的美国苹果，有粉红的日本苹果，还有浅绿的、鹅黄的，不知来自哪里，或许是韩国，或许是华北。有台湾地区的黑珍珠莲雾，有夏威夷的木瓜；有以色列的柑橘，有马来西亚的火龙果，有泰国的芭乐，有印度尼西亚的榴莲……有时还有樱桃、荔枝、龙眼、蓝莓、金橘，花样丛出。至于香蕉、梨、柚子、西瓜、哈蜜瓜之类，似乎一年四季都有，完全不顾季节与时令的变化。站在这里，你不禁深感全球化经济体系的威力，早已深入民间。

摊贩的大宗是衣物服饰，有专卖外套的、卖内衣的、卖书包的、卖女装的、卖衬衣的、卖牛仔裤的、卖帽子的、卖围巾的……比百货公司的货品还齐全。当然，没有名牌货品，但是，仿名牌或假冒名牌的倒不少。便宜倒是真便宜，有五元的内衣、十元的衬衣、二十元的外套，令人感慨那些名店里五百元一件的衬衣、三千元的牛仔裤，到底怎么个赚法？

行人挤挤蹭蹭，淹没在满坑满谷的物品中，很少有人抬头，看看那些临风的旧招牌。

港岛行山

有朋自远方来，住在港岛香格里拉，坐缆车上过山顶，坐出租车去过浅水湾，在兰桂坊品过酒，在铺记吃过饭，在陆羽饮过广东早茶，在半岛喝过英国下午茶，在尖沙咀逛了珠宝店，在星光大道观赏了灿烂的烟花。繁华热闹之后，有点腻味了，向我抱怨，香港到处人挤人，声色犬马触目皆是，珠光宝气甚嚣尘上，难道就没有一片安静的乐土，让人可以接近大自然，呼吸点新鲜空气吗？我说有啊，香港人喜欢行山的不少，就像有些新派人物说的，"与大自然进行零接触"，"在绿色植被的氛围中享受负离子的渗透"。其实，附近的香港公园就可以登山远足，一览维多利亚港的景色，同时还有绿荫掩映的山路可走。

朋友一听高兴了，问山径崎岖吗？答曰，崎岖说不上，都是铺了水泥的现代化道路，稍有些上上下下，算是远足吧。于是约好第二天一早，由香港公园出发。

次日在香格里拉大堂见到朋友，她穿得挺帅气。藏青色的套头长袖 T 袖，胸口闪着一团银色的花样，像宇宙大爆炸的刹那，一条黑色紧身牛仔裤，足登一双小蛮靴。我说，这双鞋不合适，行山得穿行山鞋，至少也该是远足鞋，我们又不是去跳舞。朋友说不碍事，她昨天傍晚已经在香港公园走过一圈，容易得很，像吃蛋糕一样轻松。

好嘛，行山像吃蛋糕，那就一路吃吧。沿着香港公园走了一圈，经过封闭的鸟园，听到园内鸟声叽喳得近乎吵闹，朋友心情愉快，吹起口哨来。出了公园，穿过马路，爬上一段阶梯，近百米长，朋友的步子明显慢了下来。爬到尽头，过马路，眼前又是一段阶梯长坡，也有近百米长，她额上出了汗，满脸通红，努力向上。我心想，今天这块蛋糕挺硬，不太好啃。

走上宝云道，路面平坦，下望港岛的摩天高楼参差交错，在缝隙中露出片断的维港风光，别有一番趣味。走着走着，朋友又恢复了信心，一路上说说笑笑。到了湾仔峡道，有一道坡往上，去警察博物馆，坡面虽宽，却十分陡，走了七八分钟，朋友就要求小休片刻，好喘喘气，再继续往上。如此休息了两次，终于到达峡口，南望可以见到香港仔的海面。

从这个峡口，可以沿金夫人驰马径下到香港仔水塘，再爬上来，沿湾仔峡道回到港岛中心地区。我问朋友，还继续走吗？她瞪着一双大眼睛，带着商量的口气说："下次吧？"

行山野趣

　　带朋友行山，从西贡郊野公园的西湾，经咸田湾、赤径，到北潭凹。 参加的有七八位国际作家，听说要去看香港的山海之胜，远离尘嚣，亲近自然，都雀跃不已。 到达西湾村，面前展现一片谧静的沙滩。 金黄色的沙粒在阳光照耀下，变幻着光谱的色彩，映着弯出半环的山岬以及浪花拍击的巉岩，形成一幅亮丽得有点诡谲的海景。 远方，隔着层层从浅碧到深蓝的海水，屹立着一对葱绿的小岛，默默无语，相看两不厌。来自巴哈马群岛的玛丽安，突然张开双臂，好像拥抱这片大海的辽阔有如拥抱了幸福，大声说："I won't miss this for the whole world!"（全世界也抵不上这里好）我不禁心里发笑，想她是把巴哈马的海景乡情全都移置到眼前了。

　　沿西湾前行，爬上一道山脊，小径边满是灌木丛，偶尔也杂生一些山油柑。 台湾来的刘克襄说，这是小山梨，很甜，可以吃的。 于是，一些富有"神农精神"的朋友，就随手摘了往嘴里填。 的确是有点甜，但也带有一丝苦涩，介乎黄皮与柑橘之间。 心想，这种果实满山遍野都是，却少有人摘采，大概是嫌它颗粒太小，只有豌豆大小，既不能充饥，又不能解渴，倒是便宜了鸟雀。 小时读"王戎不摘道边李"的故事，在香港山径上居然也得验证，因为马上就有同伴从背囊中取出超市买来的日本水晶梨。 相比之下，恐怕要大上百倍还不止。卑微的小山梨，给大家带来一丝野趣之后，黯然失色了。

　　过了咸田村，夹路都是灌木丛，长满了颗粒累累的紫黑色浆果。 克襄又停下来，宣布这是可以食用的山稔，带有甜味的。 有两位好奇的女士摘了几颗，一剥就染了满手的紫红，没吃就扔了。 我也摘了一颗，放在嘴里舔了舔，是有点甜，但更多的是草味，野野的，刺激着味蕾，像是尝到澳洲某处新产的红葡萄酒，不知如何品评。

天太热，走完四小时的山径之后，稍有虚脱之感。 克襄从后面赶上来，说找到了好东西。 他手上拿着一串锥形的小果，暗青色稍带土褐，果实都似蘸满了细盐。"这是盐肤木，台湾高山族用来代替盐巴的，你尝尝。"我正感到出汗过多，盐分流失，便摘了一把，放进嘴里咀嚼。 果然咸咸的，有点滋味，算是这趟行山所得的新知识，可堪回味。

回家之后，翻了翻资料，发现这盐肤木英文名 Roxburgh Sumac，漆树科，漆树属，虽然可以代替食盐，但其树皮与树叶都有毒性，还是得小心，不要随便采食。

野趣总有点危险，但能避免危险而得享其趣，其乐何如。

成就与成就感

　　行山途中，有两三位朋友就"成就"与"成就感"的语意展开了辩论。 一位说，登泰山而小天下，登上顶峰，回顾来时翠微径，身在山巅浮云间，多么有成就感啊。 另一位说，登上山顶，一路洒下多少汗水，克服了诸般艰险困境，终于跻彼巅峰，这是"成就"，不是"成就感"。 相持不下，行山诸友亦纷纷加入讨论，顿时化郊野公园的行山胜地为语意学研讨会的场所。

　　研究文学理论的说，"成就"是实质的，"感"是心理状态，是虚的。 一实一虚，是不同的审美范畴，倒是可以阴阳互补，相生相济。

　　研究传播学的说，"成就"是要经过客观评定的，而客观标准因人而异，众说纷纭。 行山的成就如何判定？难道要由行山学术评议会订出一套标准，必须在《南华早报》上刊出的才算，在《明报》上刊出的不算?"成就感"不同，不必争议，自己觉得有"感"就行了。

　　我说，陈意高哉。 佛家讲色即是空，空即是色，"无眼耳鼻舌身意，无色声香味触法"。 灵台空净，亦无成就亦无感。

　　有人突然说，不对不对。 领队的计步器说我们一共走了六千步，我今天带来的新计步器指明了，是一万一千多步。登上山顶是客观成就，可是领队说我们只走了六千步，明火执仗，是剥夺了我们的成就感。 而且每次行山都是用他的计步器，说只走了六千到八千步，长期剥夺我们的行山成就感。

　　众人愕然，若有所失，若有所悟。

白沙澳

从水浪窝旁边一条岔路往下走，朝北，柏油路面平坦得令人乏味。好在一路沿着企岭下海的海湾，颇有山海交错之胜，从行山的角度来说，有景致可看，也就差强人意了。稍远处是两座郁郁葱葱的小岛，乌洲与三杯酒，点缀着海天交会之处，增加了风光的绮丽变化。路过榕树澳，往深涌方向，依旧是沿着海湾走，就逐渐走入宁谧的地界，不但离市嚣远了，而且像是走上了时光倒流的小径，回到儿时在海边奔跑的无羁岁月。听浪涛轻轻拍岸，回响在耳际的，是空寂与冥想的交织，千百年往事涌上心头，而我在这里，在香港新界的化外之境，沿着一道北向的海湾，默默前行。同行的朋友突然嚷起来，有村落了，咦，还有高尔夫球场。

深涌是个废弃的村子，隔着一道沟渠，居然有人建起了粗具规模的高尔夫球场，在一片荒寂的隙地中，在山海交错的隐蔽处，投资发展休闲娱乐产业。沟渠中游着一群群溪鱼，约莫都有半尺来长，倒是酥炸了下酒的佳肴。村子早废弃了，丛芜中有间天主堂，三个字还明晰可辨，但是屋顶的十字架却已破损，只剩下孤零零一根木柱，无助地指向天穹。还有间乡村学校，也已废圮无人，杂草丛生，看来荒废已久。想来村子本来是有农地的，村子废弃了，种田的走了，地还在，土地产权还在，所以有了高尔夫球场。至于究竟是几经辗转怎么成为投资产业的，只好留待将来的地方史家来述说。看来是研究社会学与人类学的上好材料，可以写成一篇出色的博士论文。

过了深涌，就开始一路爬山了，山路崎岖蜿蜒，时而进入荫翳的树林，时而爬过嶙峋的高岗。　七转八折，就听到潺潺流水，走进了茂密的丛林，枝桠交错，古藤盘绕，溪涧清澈，水边还长着丛丛簇簇的兰草，墨绿色的叶脉发着幽光。　再走，眼前豁然开朗，左边是围篱圈绕的花圃，右边一片旷地，尽头是石墙砌起的一栋大屋，颇有威仪地矗立在阳光中。　大屋的门楣甚高，台阶是厚厚的石条垒成，然而大门却封上了铁板。　可能从前是座祠堂，改造成现代别墅之后，前后倒转，正门成了屋宇的背墙，倒是有铜墙铁壁的气势。　石墙的隙缝冒出丛丛野花，姹紫嫣红，很有点法国南方普罗旺斯乡间住宅的情调。

　　这里是白沙澳村，屋舍只有七八间，其中一间正传出普契尼歌剧《蝴蝶夫人》的一段咏叹调。　我们在村前村后绕了绕，发现屋舍全都翻新过，洁净素雅，而且都装上了空调。住户好像全是洋人，有个金发碧眼的小女孩对着我笑，大概是笑我张头探脑的笨拙。　我们向一位中年男子打招呼，称赞庭院整治得好，他高兴得很，说自己动手，花了三四年功夫修整的，适合孩子们成长。　他说，虽是新西兰人，可是香港太好了，他爱香港，爱这个村子，不回国了。

香港电台

从旧金山国际机场出来，乘"霸特"电车进城，拖着一只硕大的旅行箱。第二站，上来一个三十来岁的男子，小平头，穿一件棉绒对襟拉链的长袖运动衫，灯芯绒长裤，背一只挎包，典型的湾区高科技专业人士。他坐在我的对面，很友善地咧嘴一笑，算是打了招呼。又过了一站，他开始寒暄："回家吗？"显然以为我是本地人。

虽然受宠若惊，却老老实实回答："不是，外地来的。"

"哪里来的？"

"香港。"

"啊，香港。我最喜欢 RTHK 了。"

我不禁怀疑是否听错，RTHK，香港电台？隔着浩瀚的太平洋，在这片富饶丰足、自由开放的加州土地上，在风光明媚、多彩多姿的旧金山大埠，有个三十多岁的洋人跟我寒暄，说的第一件事就是他最爱听香港电台？他看我一愣，马上接着说："世界上最棒的古典音乐节目，第三台，是不是？我每天听。还有新闻，多姿多彩，包罗万象。我特别喜欢新西兰国家台的节目，别处听不到。真了不起，香港电台。"

他说话的态度诚恳热切，一点也不虚套，倒像是等了多少年，才"他乡遇故知"，倾诉起别人不理解的心底话。

我不晓得旧金山有多少洋人听香港电台的节目，但是眼前这个人绝对是个"粉丝"，对香港充满了美好的憧憬。

"我还没去过香港，希望有一天能去。"

祝你愿望早日实现，我说。

富春江

许多年前了，朋友带我游富春江，领略浙中山川的钟秀。我心目中首先浮现的是黄公望的《富春山居图》，潇洒悠然地展现的山水，不疾不徐的气韵，长长的披麻皴是山体的弧线，从山脊一直滑落到水边。 阳光清爽，空气清爽，水也清爽，湿度偏低，没有烟岚，是秋高气爽的景象吧？

在台北故宫博物院看过两本《富春山居图》，一真一伪。真的世称"无用师本"，残缺了起首部分，气韵依然清爽，骨苍神腴；另一卷则有乾隆皇帝翻来覆去的题咏，几乎塞满了画卷留白之处，又盖满了皇帝的玺印，卷尾还有一篇奉旨辨伪的题跋，基本上就是硬拗，说御览钦定的这本是真的，"无用师本"是赝品。 皇帝要硬拗起来，实在没办法，好在他没把"无用师本"一把火烧了，算起来也够开明的了。 也不知道乾隆皇帝有没有想过销毁证据，有没有想过留下了"无用师本"这条尾巴，后患无穷，会让后世学者翻案，使自己的鉴赏能力出乖露丑。

就在我沿着富春江溯流而上的那年，在杭州西湖畔的浙江博物馆观赏了《剩山图》，也就是无用师卷残缺的起首部分。馆长看着这一截残卷，向我感叹，富春山居全景能够破镜重圆多好，可惜那一大半在台北。 你有没有办法说服台北故宫博物院，让我们合办个《富春山居全图展》？我说，同学少年多不贱，五陵衣马自轻肥，我人微言轻，影响不了的。 倒是要多谢浙江博物馆，虽然是异时异地，总算有幸得以瞻赏了黄大痴富春山居的全景。

朋友带我到富阳的鹳山，沿着河岸的峭壁，穿过了一片苍翠的林丛，登上一栋古旧的屋宇，说这是郁达夫住过的地方，现在想建成郁达夫纪念馆。这里不可以眺望江岸对面的远浦，你看，别看那艘挖泥船，这个方向，别看那边新盖的工厂，是不是很像《富春山居图》当中那一部分？我把左眼蒙上，又眨了眨右眼，是有点像。可是眼前的富春江水黄浊如泥汤，不要说濯缨了，濯足都不堪。

过了桐庐，江水有一点绿意了。朋友说，上游更好，现在筑了坝，把黄公望的山峦淹成群岛，披麻皴是看不到了，倒是水面扩大成千岛湖，可以乘汽艇游览一番。乘现代汽艇游千岛湖，心里想着湖水底下淹没的富春山居，那江边的石矶与树丛，都在湖底与游鱼为侣了。恽南田曾经赞赏画卷中树木的姿态万千，说："数百树，一树一态，雄秀苍莽，变化极矣。"当年富春江畔树，今天都已泡汤。只有艺术长存，《富春山居图》上的林树隽秀如昨。

三苏祠

每次到成都，朋友都提起眉山三苏祠，说不太远，开车一小时就到了。 然而，总是安排不出时间。 如此，一再蹉跎，就过了七八年。 从成都飞回香港，在飞机上总会带点懊恼，有时还充满歉意，在心底不断向着苏东坡鞠躬作揖：十分抱歉，下次一定登门拜访。 却又实在找不出可以推诿的借口，什么参观三星堆博物馆、金沙遗址发掘工地、古船棺群、宽巷子窄巷子拆迁以及到皇城老妈吃火锅、爬青城山、游都江堰，怎么都排在瞻仰苏东坡、苏老爸、苏老弟的前面？ 孰轻孰重，孰先孰后，连个分寸都没有，算什么读书人？ 是是是，宰相肚里好撑船，大人不计小人过。

终于安排好，带着一队开完学术会议的人马，专程赶赴眉山，拜谒三苏祠。 心想，带了二十多个学者，大概可以补了前愆吧？

游览车到达眉山，下了高速公路，发现眉山的马路比高速路还宽，笔直通向远方。 路旁每隔七八十米就有一座摩天巨厦，有的像华盛顿的国会山庄，有的像北京人民大会堂，有的像香港的汇丰大厦，看看门口的招牌，这个是眉山市人民政府，那个是眉山市人民法院、人民检察院、公安局，不一而足，猗欤盛哉。 就是找不到旧城区，找不到三苏祠。 绕了半天，朝着反方向开了一阵子，才进了旧城区。 不禁想到，眉山市区新规划已经完全现代化，可以媲美华盛顿，可是，人民要到"新衙门"办事，怎么去呢？大概也有什么五年计划，"户户住新宅，人人有车开"吧？

停车之后，在毛毛细雨中，沿着黑檐粉墙，寻寻觅觅，凄凄惨惨戚戚，找不到三苏祠正门，却看到满街是东坡饭店、东坡文具店、东坡照相馆之类，蔚为大观。经过一处临街却紧闭的大门，外面悬挂了十来个招牌，颇为壮观。再想想，对比政府新区的大厦，十来个文化艺术单位局促于一室，则顿感凄凉，不禁记下名目："眉山市三苏文化研究院、苏轼研究编辑部、全国苏轼研究学会、全国三苏研究数据中心、眉山市文物保护管理所、三苏祠博物馆、眉山市美术家协会、眉山画院、眉山东坡诗社、眉山市摄影家协会、眉山市收藏家协会。"再往前，就是三苏祠的正门。

　　三苏祠正在整修，馆长说要扩大七八倍，成为眉山发展的文化底蕴。又在三苏祠对面建盖硕大无朋的博物馆，远看像天安门，已经快完工了。总之，一切都在工程作业当中，收藏与展览都受到妥善的保护，抱歉得很，收起来了，欢迎明年再来，到时就可游览焕然一新的三苏祠，观赏新建的博物馆。

　　回程途中，实在拿不定主意，下次会不会再来拜谒。或许还是把景仰三苏之情放在心底，随时拜谒吧。

新的战栗

布鲁塞尔老城的边缘，有一溜 19 世纪现代都市的长廊，名圣喻伯长廊（Galeries St-Hubert）。 拱型的屋顶，明亮的走道，典雅矜持的风格，让人想到资产阶级模仿贵族气派，总不忘记要显露一下阔气。 奇怪的是，想摆阔而不敢嚣张，倒呈现了一种明朗开放的氛围，扫除了老城传统郁结的阴影与鬼魅。 这一溜长廊，是布鲁塞尔早期的现代性建筑，也是波德莱尔（Charles Baudelaire）晚年浪荡的所在。

波德莱尔死于 1867 年，年仅四十六岁。 以现在的标准来说，他才刚刚开始"后青年期"，居然就"中道崩殂"了。 不过，这位现代诗的奠基奇才，在他艺术人生的道路上，一开始就选择了"放荡"（Débauche）与"死亡"（Mort）这"两位可爱的姑娘"作为终身伴侣。 他的生活极端"政治不正确"，在放恣不羁中寻找灵感，在乌烟瘴气中探索生命，在混浊肮脏中追求美丽。 他写《美的赞歌》，第三段："你来自黑暗深坑，还是来自星际？／命运迷恋你，像只狗盯住你的衬裙；／你随手撒下欢乐和灾祸的种子，／你统治一切，却不负任何责任。"（钱春绮译）

其实这也就是他的人生态度，以及终身奉行的艺术圭臬。波德莱尔出版诗集《恶之花》之后，遭到法庭判罪，说他"伤风败俗"。 他感到不为巴黎社会所容，才自我放逐到布鲁塞尔，寻找"新的战栗"。 混了两年，愈来愈没人理，只得游荡在圣喻伯长廊一带，最后中风瘫痪。 他被家人运回巴黎，不久就死了。圣喻伯长廊现在看来十分传统，波德莱尔倒是愈来愈"现代"。

长崎春节

有一年春节，刚好在长崎，住处离新地中华街不远，也就见识了长崎人过中国新年的特色。照说，日本与中国一衣带水，长期以来吸收中华文化与风俗习惯。可是一旦明治维新，想要"脱亚入欧"，跟着欧美一道"文明开化"，就乖乖地顺从天皇的敕令，抛弃了传统习俗，过起阳历年来了。长崎这一带华侨众多，还是习惯过旧历年，这风俗被保留了下来，成了"异国文化之祭典"。

长崎把中国新年标为"大祭"，称作"长崎烂摊坏死胎吧噜"，听来莫名其妙。其实说穿了，也不奇怪，这是"脱亚入欧"后的新文化现象，用片假名拼写西文的结果。"烂摊"也者，"lantern"也，华文为"灯"；"坏死胎吧噜"，"festival"也，华文是"节"。连起来，"长崎烂摊坏死胎吧噜"即是"长崎灯节"。怪的是日文明明可用汉字表达，或称"灯节"，或称"灯祭"，偏偏不用，非要"脱亚入欧"，来一个烂摊子的"坏死胎吧噜"，也是令人慨叹的"文明开化"现象。

称作 lantern festival，让人联想元宵灯节的热闹。事实上倒还真是如此，中华街一带张灯结彩，好不热闹。扎灯用的材料也现代化了，是塑料的，里面装了电灯。题材却十分传统，有麻姑献寿，有天女散花，有十二生肖，有观音菩萨，有妈祖娘娘，还有刘关张桃园三结义，不一而足。张灯结彩最热闹的地方，是紧贴着中华街牌坊旁边的凑公园，简直就像传统的庙会。公园中搭了舞台，有个中国杂技团在表演翻筋斗、叠罗汉之类，台下掌声不断。围着公园四周，都是卖小吃的，炸春卷、蒸包子、烧卖、饺子，倒是纯粹的中华料理。

　　长崎的春节虽然有点"脱中入日"，但毕竟还保留了中华传统，让海外游子感到温暖。

百年老店

　　到波士顿，除了去哈佛会友、到燕京图书馆查书，一定做的一件事，是去城中区的"飞林地下室"（Filene's Basement）总店买衣物。我最不喜欢逛街购物，尤其不喜欢买衣服，因为费时费事费钱，麻烦。要找到上眼的式样、合适的尺码，已经不容易了，找到之后，再一看那价钱，一双鞋两百美元，一套西装两千到三千美元，一袭大衣四千美元，只好放下。便宜的也有，无奈看不上眼，"好不颓气人也"。后来住在波士顿，朋友指点，去飞林地下室总店买减价货，这才解决了我购买衣物的问题。

　　说是减价货，货品可不贱。飞林地下室总店在 1908 年首创了零售业的减价销售法，更以其"自动减价机制"风靡波士顿。一般而言，来货是高价品，来自全美国最高档的百货公司与时尚精品店。时尚的生命周期很短，春装过了清明，夏装过了小暑，秋装过了秋分，冬装过了小寒，只好堆进仓库当废料，或是以"跳楼价"批给飞林地下室总店。进了总店，就是进了美国商业史上最有划时代意义的大卖场，标价一开始就比原来减一半到百分之八十，然后便开始了"自动减价机制"。在 20 世纪 80 年代之前，上架之后十二天，减百分之二十五，再过六天，只卖飞林标价的一半，再过六天，再减百分之二十五，再过六天，不卖了，送给慈善机构作救济用。因此，你若是流年好，撞了大运，一套三千美元的意大利时髦西装，在这里经过几次"自动"之后，可能只花二百五十美元。运气一般如我者，花四百九十九美元买到的机会，总在百分之七八十以上。当地人流传不少故事，说好莱坞的明星也从加州飞来此地扫货，只花千把美元就买到上万美元的貂皮大衣之类。1988年以后，飞林地下室卖给一家控股公司，开始有了遍布全美的分店，但是总店还是"按既定方针办"。

不久前我去哈佛开会，又趁便经过飞林地下室总店。一看，怎么橱窗全封了，原来的大门也不见了？方圆百十多米的整个街区，全围得密密实实，不得其门而入，好像其中爆发禽流感似的。问了问本地人，说飞林地下室的控股公司把物业卖给了地产商，要发展成六个多亿的综合大楼，有酒店办公楼、豪华高级公寓，又给了总店一千五百万美元，限期搬出，所以，今年九月初，开张之后第九十九年，就关门大吉了。我说，再多开一年，凑个整数，就是百年老店了，怎么不延一延呢？"谁说不是呢，我们都感到丧气。市长气坏了，说波士顿人星期天逛飞林总店就跟上教堂一样，雷打不动的。没想到地产商一打，我们的文化信仰，我们的生活习惯，我们的风土人情，全垮了。"

我绕着差一年就是百年老店的街区，来回走了好几圈，想到自己从1970年开始在此购物，算算也有三十七年了。天下没有不散的筵席，岁月催人老，老店关门，我也不会再回波士顿购置衣物了。

一把椅子

　　文化中心音乐厅，台下冠盖云集，都凝神以待。 台上空荡荡的，只有一把椅子，像雕塑家在荒野放置了一件绝世的作品，前不见古人，后不见来者。 然后，马友友走出来，拎着及胸的大提琴，步履轻快，带着矜持的欢欣，伴着雷动的掌声，移步到舞台中央，向听众致敬后，坐在椅子上，拉动弓弦。

　　一把椅子，一个演奏家，一把大提琴。 所有的人凝气屏息，随着弓弦的移动，进入了艺术想象的美好世界。 听众坐下来的时候，已经预期到艺术即将降临；面对空荡荡的舞台，已经预期音符会游走翱翔；眼前那一把椅子，将要承载着这一晚心灵提升的活动。 听众环绕演奏厅而坐，心中摒除万虑，等待着艺术的启示；已经敞开了心灵，参与艺术创造的过程。艺术的感染与冲击，是意料中事。 演奏厅成了大家参与艺术洗礼的殿堂，每个人都期盼着这一晚的邂逅，让自己的心灵可以遨游在云端，可以走在水波之上，可以觇见朦胧混沌之中的七彩光芒，可以"看山不是山"。 走出文化中心的时候，街头的喧嚣可以化作天使的呢喃，摩天广厦的闪耀纷乱也可以变成灵山星图的召唤。

　　在一切开始之前，只有一把椅子。 净化心灵的空间，在马友友出场之前。 等待这一晚艺术心灵提升的预期，只是一把椅子。

　　我时常听人抱怨中国戏曲舞台太单调太空寂，只有一桌两椅。 因此要改良，要加上各种砌末，花花绿绿的布景、声光雷化的机关，要学百老汇，学拉斯维加斯。 学什么呢？ 学一切的庸俗热闹，学好莱坞的市场格调。

为什么不学学古典音乐的空间展示呢？马友友大提琴独奏，只有一把椅子。 单调吧？空寂吧？是艺术表演满溢厅堂，是艺术展现构建了无限饱满的心灵世界。 当最后一个音符几乎凝窒在空中沉着稳重地消失时，此时无声胜有声，艺术填满了听众的胸臆，填满了音乐厅的每一寸空间，一把椅子都多余了。

昆曲的一桌两椅，是中国戏曲艺术空间处理的绝唱，是最高雅而能召唤听众心灵参与的舞台布置。 请现代的中国人，"现代化"的中国人，高抬贵手，不要去"改良"了吧。 把心思放在艺术表演上，放在"有声皆歌，无动不舞"上，放在心灵翱翔的境界上，别去瞎折腾什么舞台设计了。 昆曲是昆曲，不是电视综艺节目，一桌两椅足够了。

有人说，马友友的一把椅子足以镇住全场，因为马友友的琴艺已经出神入化，人们来听马友友，不是来看椅子的。 说得好极了。 我要请"现代化"的中国人，打开你们的心灵，进入昆曲的剧场，倾听昆曲水磨调的优雅美妙，注目演员身段所展示的几十年功底。 你看过舞台上的张继青、汪世瑜、计镇华、蔡正仁、梁谷音……吗？没有。 你看过一把椅子，没看过一桌两椅。

下一次，有机会的话，看看昆曲的一桌两椅吧。

戏以人传

传统技艺的传承，靠的是师傅传徒弟，一代一代，手把手地口传心授。传统戏曲更是如此，从小练功，一招一式，都有说法，可能凝聚了师傅毕生的体会，也可能凝聚了好几代的心血。小徒弟学的一招水袖，轻盈中无限旖旎，说得夸张些，有可能是元杂剧搬演时哪个老师傅创造的雏形，经过了几百年的传承增益，到了乾隆年间才基本定型，又在近两百年经过了多少伶人师傅的实践打磨，才终于传到了今天。对待这样的文化传统，我们必须心存敬意，珍惜这一代传一代艺术体会精粹的集合体。

联合国教科文组织在 2001 年 5 月 18 日，正式宣布十五项人类"口传非实物文化传承"（报刊通称"口述非物质文化遗产"），第一项列的就是昆曲。许多中国人都感到与有荣焉，也开始对昆曲发生兴趣，一时之间昆曲成了国粹的代表，而且是全世界瞩目的表演艺术精粹，让不少年轻人趋之若鹜，大有成为时尚之势。更有趣的现象是，一向鄙视传统戏曲，更不知昆曲为何物的话剧导演，突然都成了昆曲的拥护者，摇起了弘扬昆曲的大旗，以昆曲的改革家自命，指手画脚，要使昆曲现代化，赶上全球化的时代潮流，以媲美纽约百老汇的歌舞剧。

面对这样的"众声喧哗"，我们不禁要提醒这些昆曲陆战队的新兵，昆曲是传承有自的艺术，背后起码凝聚了五百年的心血，是一代一代艺人的薪火相传，不是训练敢死队，奋不顾身，攻坚作战，非在一时三刻攻下表演节的桥头堡，拿下全国戏剧精品工程大奖不可。 昆曲是表演艺术，是世世代代的艺人用他们全部的生命浇灌出来的艺术奇葩。 演出的赏心悦目，是因为演员"身上有"，承袭了世代相传的艺术积淀，不是因为"新锐导演"的心血来潮，才"玩"出什么精品工程。就好像沈尹默写的字是书法瑰宝，他的纸笔墨砚，交给从没练过书法的顽童，顽童虽然也能兴致勃勃涂写一番，但他的字却绝不能登大雅之堂，挂出去给人欣赏。

值此昆剧四代承传大汇演之际，我们作为观众真是有福了。 舞台上展现四代昆剧演员的拿手好戏，其实就是四代薪火相传的见证，是"人类口传非实物文化传承"的现身说法。且让我们虚心静虑，好好体会什么是昆曲艺术，看看为昆曲传承奉献了毕生心血的师傅们是如何通过口传心授、衣钵相传，造就了一代又一代的表演艺术家的。

大劈棺

到台湾"中央研究院"开会，旧雨新知，相聚一堂，在论辩之中得到精神提升的快感。论辩了两天，在感到脑神经长期剑拔弩张、十分疲惫之时，有两位美国朋友却因思维理路完全不同，一路争辩，唇枪舌战，火药味愈来愈浓，劫持了会场的麦克风，好像关公大战秦琼，你唱你的，我唱我的，互不相让。唱词也有趣，一会儿福柯、尼采，一会儿海德格尔、萨义德。随之而来的是现代主义、帝国主义、社会主义、资本主义、工业主义、普世主义、传统主义、相对主义、历史主义、东方主义、区域主义、人文主义、多元文化主义……主义满天飞，云山雾罩。恍惚之间，脑际突然闪过《牡丹亭》中两句诗："行来春色三分雨，睡去巫山一片云。"

主席也受不了了，挂起免战牌，宣布散会。并且提醒大家，晚上有禁戏可看，是国光剧团演的《大劈棺》。美国朋友没听过这出戏，问剧情是什么。我说，就是庄子假死，化身成英俊王孙，色诱新寡的庄太太，两人成亲之时王孙暴病，需要人脑救命。小寡妇为救新欢，就拿了斧头去劈棺取脑，庄子却突然现身斥责，庄太太羞愧难当，只好用斧头劈杀了自己。朋友大呼荒唐，说这样的戏还有人看吗？我说，以前是当作淫戏禁的，不让人看。现在人们思想开放，可以视作"文化遗产"了。我们不是都要去观赏吗？朋友一脸怅然，没说话。

戏演得还可以。虽是海派的低级趣味，但因为是六十年前上海的低俗情调，时间拉开的距离产生了陌生感，削弱了低级趣味的当下冲击，倒有一种民俗学家调查少数民族的猎奇感。

戏是荒唐的，但有噱头。 一是祭奠庄子的纸人二百五由真人装扮，摆在舞台上，像布景一样，一动也不动，后来经庄子施展法力，却亦步亦趋，还会直立跳上跳下，如同僵尸，引得观众一惊。 二是田氏踩跷，裙端露出三寸金莲，奔跑之际颇见功力。 劈棺不成，一个台幔落地，随即翻上几个"乌龙绞柱"，最多可以翻上十八个，令人叹服。 这次演出，二百五的僵尸功不错，田氏省去了台幔，翻了六个乌龙绞柱，已经引得观众叫好连连了。

一出戏的成功，全靠噱头，则戏剧性的张力与感染就不见了。 娱乐性倒还是有的，就像杂技团表演走钢索、空中飞人之类。 这出戏残余的低俗趣味，更像探险家躲在丛林中看食人族出草猎头成功后围着篝火跳舞。

在"中央研究院"演《大劈棺》，是有点怪。

马得画戏

马得画戏曲人物，别树一帜，融合传统写意笔墨与漫画速写手法，追求洒脱空灵的意境。 20世纪画戏曲人物，关良以稚拙天真取胜，叶浅予以线条明畅鲜丽为尚，马得则以墨为笔，把米家山水的湮染，借来呈现戏曲人物的心理状态，可谓别开生面。

他画的钟馗，胡子眉眼一把抓，好像是一团黑墨，糊里糊涂。 但仔细谛观，却胡子是胡子，眉眼是眉眼，而且胡子随风飘散的逸致都表现出来了。 最令人观之不足的，是钟馗的身段意态，在松愉的袍带冠靴之中，居然显得栩栩如生，透过一团模糊，似乎闪烁着炯炯眼神。 有一幅《钟馗还乡》，画面一塌糊涂，像是打翻了墨盒，像张大千晚年的大泼墨，然而添上几笔浓重的朱彩，却衬出钟馗旺盛的阳气，虎虎生风，不可一世，气韵生动已极。

他画武戏，用墨浓重，或大泼墨淋漓全幅，显出角色人物的豪迈不羁。 看他画的武松打虎，完全是粗线条，拳头如千斤巨锤，枯笔中点上一团褐墨。 挨打的老虎，更是粗线条，张开大嘴喘气，吐一块朱红色的大舌头。 旁题"空拳胜山君"，笔法粗犷，是板桥体，也有村野趣味。 我喜欢他画的鲁智深，几幅《醉打山门》，不但呈现了剧中人的粗豪，也十分诙谐有趣，好像一番打闹，不过小儿嬉戏，头破血流也是证道的门径。 马得笔下的林冲，虽然依旧是浓墨几笔，却萧索惆怅，江湖寥落，"少年英雄风尘老"，有家归不得，眼前只有一条梁山路。

同样的浓墨泼洒手段，马得可以用来刻划不同人物的内心感情，让武松、鲁智深、林冲表现出独有而突出的个性。 也是同样的泼墨笔法，马得用来画书生，却十分温柔蕴藉，如《惊梦》的柳梦梅、《西园记》的张继华、《卖兴》的郑元和。关键在于用笔收敛，粗犷豪放的墨色湮染似乎不再淋漓四散，而像天公裁剪了一片乌云作衣裳，服服帖帖地穿在书生身上。

　　马得画才子佳人，虽然还是泼墨手法，但一般用淡彩，而且偏爱石青、浅绛、淡紫与桃红，呈现一种"春三二月天"的清雅，与昆腔水磨调的轻柔优美异曲同工。 他自己说最喜欢画《牡丹亭》，想来是佩服汤显祖对文学艺术的执着，对"白日消磨肠断句，世间只有情难诉"有着深刻的共鸣。 因此他才一再画《惊梦》与《寻梦》中的杜丽娘。 他笔下的杜丽娘，裙裾轻飘，如诗如画亦如梦。

　　马得画戏，其实画的是心中的梦。 粗豪有粗豪的梦，清雅有清雅的梦。

汤显祖登场

全本青春版《牡丹亭》在香港公演，这是第二回。和第一轮演出不同的是，百炼精钢化作绕指柔，水磨调磨得珠圆玉润，技艺大为精进，如袅晴丝吹来闲庭院，摇漾心魄，最大的不同是，这次演出安排副末扮演汤显祖登场，唱序曲《蝶恋花》：

> 忙处抛人闲处住，百计思量，没个为欢处。白日消磨肠断句，世间只有情难诉。玉茗堂前朝复暮，红烛迎人，俊得江山助。但是相思莫相负，牡丹亭上三生路。

这一安排可算是神来之笔。可是，这神来之笔却来得不易。

两年前青春版《牡丹亭》在台北戏剧院首演，开场是剧院音响设备的展现，以幕后伴唱衬出幕后领唱高亢入云的嗓音，杂以乐队兴奋的投入，摆出大剧院演出的派头。这让人感到声势浩大、来势汹汹，有万夫不当之勇，好像要跟莫扎特《费加罗婚礼》的序曲一别高下，一开场就要镇住满场现代观众。我对这种"色厉内荏"的呈演方式极表不满，昆曲就是昆曲，学西洋歌剧序曲的派头做什么？何况歌剧序曲也只有乐队演奏，不会用扩音器播出震耳欲聋的领唱加伴唱，不会以音量分贝取胜。

于是，我就向白先勇抱怨，向汪世瑜抱怨。回答是，本来想让汪世瑜扮汤显祖登场的，后来觉得这种呈现方式太老派，不够现代。 我说，你们怕不够青春，是吗？现代西方演莎剧，也时常有类似副末登场的方式，连好莱坞电影 *Shakespeare in Love*（《莎翁情史》）中呈演《罗密欧与朱丽叶》也是这么排的，现代观众不是也看得挺高兴？副末登场，唱出创作宗旨，引领观众进入古代的世界，会有陌生而新奇之感，是一种艺术移置的手段，可以产生突然迸发的审美情趣。

他们都说以后改改看。 我就等着他们改，而且继续在海峡两岸暨香港跟着剧组看演出。 这一等就是两年。

今年4月在北京有三轮演出，我去了。 白先勇因病无法亲临，但在越洋电话中向我保证，终于改了，汤显祖开锣登场。 我坐在北大百年纪念剧院等着。 一开场，还是扩音器播出《蝶恋花》，不禁大为丧气。 散场后才知道，演员病倒了，发高烧。

因此，这次在香港终于看到汤显祖出场，而且戏剧效果是如此美妙精彩，恰如其分。 那种欣悦，真是笔墨难以形容。

《西施》效颦

　　第三届全国昆曲节开幕，选昆山作为开幕式地点，又开锣演出梁辰鱼的《浣纱记》，充满了崇尚昆剧传统的象征意义。昆曲发源于苏州昆山地区，由魏良辅创制"水磨调"，演梁辰鱼《浣纱记》而风行天下。 今天昆曲被联合国教科文组织列为"世界非物质文化遗产杰作"，举国与有荣焉，文化部也大力提倡，声言要保护、要发展。 于是，十分"政治正确"地展开了官方的昆曲活动。

　　演出的《浣纱记》是改编，据说如此可以"推陈出新"。把梁辰鱼推到一边，站出来的是话剧出身的编剧与导演，有着21世纪的进步视野，带进欧美最新潮的舞台观念，以期与国际接轨，打入世界表演艺术市场。 首先，《浣纱记》剧名就是典故，现代人不懂，改作《西施》，就老妪都解，工农兵喜闻乐见了。 美人戏、美人计、倾国倾城，谁不乐意看？

　　原来的戏词也难懂，抓不住公众的心理。 公众都是来看美女的，有谁在乎典雅的曲文？何况小丑的宾白本来就有其随意性，容许随机抓哏。 所以，夫差见到进献入宫的西施，惊为天人，脱口的念白便是"哇噻"，而且带点台湾腔，以示昆剧的发展也配合祖国的统一政策，没忘记台湾人民。 且慢！夫差不是老生吗？怎么唱起小丑的行当来了？不要紧，昆曲不是要发展吗？要跨行当，"文武昆乱不挡"，要创造人物性格，不能局限于传统的封闭性行当限制而扼杀新生事物。 学术界还要跨学科呢，昆剧为什么不能跨行当？老古板，泥古不化，抱残守缺！我夫差是吴王，爱说什么就说什么，你管不着！

哇噻！

演小丑的伯嚭不甘示弱，也得"与时俱进"，赶紧接着用半生不熟、半闲不淡的台湾腔，念道："好一个漂亮的美眉！"由于字幕清清楚楚打出来，所以不是随兴之作，不是improvisation，而是编剧处心积虑、呕心沥血的经典杰作。不是吗？台下都失声而笑，注意力集中了，达到戏剧冲击的效果了。

我心想，你为什么不叫西施跳一段脱衣舞？那不是更能引起轰动，让观众集中注意力？改编昆曲以适应时代潮流，好让现代观众"趋之若鹜"，为什么一定要走拉斯维加斯道路？

我说导演走赌城表演道路，并没冤枉他（其实是个"她"）。全戏乱用声光电化效果不说，几个霹雳就震耳欲聋，而且接二连三，打个不停，让人睡也睡不着。是为了显示音响设备不错吗？很有点赌城歌舞秀的气势了。几场群舞也都令人眼花缭乱，可以入围春节晚会，不过，比起红磨坊的载歌载舞，尚逊一筹。昆曲革命尚未成功，话剧同志仍须努力。

《浣纱记》让人想到西施捧心之美，改编的《西施》只好算作效颦了。

青春版《桃花扇》

　　自从白先勇"青春"了《牡丹亭》之后，一霎时，昆曲剧目都开始各寻门路，似乎找到青春之泉，饮了返老还童的琼浆，一个个青春起来。青春版《长生殿》以服装设计取胜，把舞台也当作服装节，一并打扮成巴黎的春天；青春版《桃花扇》则倒过来，从舞台设计出发，以"三百件华丽苏绣"作为展示的卖点，让昆曲的"唱做念打"全都变作陪衬，就像模特儿走台一样，袅袅娜娜，凸显了时装表演的"中国特色"。可惜，奥斯卡金像奖不接受昆曲的服装设计，否则，也可以夺座小金人回来，让昆曲更加青春。

　　平心而论，青春版《桃花扇》的舞台设计，是花了心思，而且颇具匠心。在现代剧院的大舞台上，设置了一个古典的活动小舞台，可以收拢观众的注意力，突出演员的唱做功夫。可惜的是，导演似乎只把这个设计巧思当作噱头，让展现演员唱功与身段的聚焦点成了摆设的花瓶，而以小舞台之外的"广阔天地"作为剧情活动的主要空间。我们当然知道，让知识青年上山下乡，"广阔天地，大有所为"，但是，这是昆曲，不必运用革命热情与后现代解构剧场相结合的方式来焕发青春。

　　有位朋友看完戏跟我说，舞台上真是乱。人来人往的，有的在舞台后面闲逛，有的坐在舞台两侧，像兀鹰一样等着上场夺戏份。还有检场的混杂其间，不时有四条大汉跃入场中，使出吃奶的力气，推动活动的小舞台，算是时空转换与移置。这让人看得眼花缭乱，像读乔伊斯的《尤利西斯》一样，只好学着意识流。演员上场，一会儿窜东，一会儿奔西，右边来了一船生旦，左边上了一彪人马。谈情说爱三两句，温柔浪漫的气氛还没营造起来，哐哐呛呛，扛旗扎靠的将军就一字排开，唱了两句半，又嘭咚嘭咚，一个个摔僵尸了。他问我，《桃花扇》的舞台调度这么乱，是不是要显示这是"乱世"？

我说，高论，高论。可惜导演不在场，否则必定会引为知音，而且是后现代接受理论的知音。以后我们排《长生殿》，也可以用这个法子。唐明皇杨贵妃演《小宴惊变》，大家都不必守规矩，也不必用心唱做，胡乱搞一通，显示安禄山造反不但颠覆了大唐盛世，也颠覆了舞台演出的秩序。

说正经的。青春版《桃花扇》的舞台呈现，基本架构是好的，而且能使现代观众（特别是不懂昆剧的年轻一代）接受。演出的问题主要有二：一是压缩原剧四十出为六出，"连接起中、日、韩各国优秀艺术家共同打造"，把孔尚任历经十余年呕心沥血三易其稿之作，打造成一个晚上演完的现代歌舞剧。难怪有时像歌舞伎加宝冢剧，有时像韩剧，偶尔也像昆曲。二是演员太青春，功底不够，唱做俱欠火候，观众只好看他们穿戴得十分秦淮金粉，在台上卖弄青春。

不过，这两点缺失都还有救。孔尚任剧本各出俱在，还可以重加增补，试试两个晚上的上下两本，就不至于因时间局促逼得演员在舞台上参加田径比赛。至于演员的唱做功底不足，也不是大问题，只要努力用功，三年五载，演员不那么青春了，昆曲表演就一定会绽放青春。

《北京人》的沉沦

在北京，听说"人艺"重演曹禺的经典剧作《北京人》，赶紧托朋友去买票。 一是因为这出戏我只读过剧本，还未欣赏过舞台演出，不能不看。 读剧本不看戏，就像古人懒得动，诡称"卧游"，说读读游记便可体会天下山川之秀丽。 也像学美术史，积累了大量图片，可以对照幻灯片进行细部分析，而不去亲近真迹一样，这无异于如雾里看花，痴人说梦，美则美矣，佳亦佳兮，奈何隔了一层。 若再心存新潮理论或后理论，意识形态挂帅，则郢书燕说，四川耗子大如虎，东北大娘赛西施，什么说法都可以出现。 历史学家会说，此非第一手资料；犯罪学专家则说，不是直接物证，采信度大为减少，权威性急剧下降。 所以，不看不行。

二是因为"人艺"（全名"北京人民艺术剧院"）早已是一块响亮的招牌，口碑远播。 我在 20 世纪 70 年代末期就观赏过《蔡文姬》，虽然觉得郭沫若的剧本有点虚张声势，但演出的艺术效果很不错，而且自有风格。 后来陆续看过《茶馆》《天下第一楼》等好戏，对"人艺"的编、导、演，都十分佩服。 深感"人艺"有其特殊风格与传统，糅合了斯坦尼斯拉夫斯基体系与对本土历史文化的独到关怀。

想来是由曹禺、老舍这样的剧作家，通过焦菊隐这样的导演，对中国文化传统及社会内涵有着深刻的认识，有同情、有了解，又有时代的批判意识，通过舞台的诠释，呈现了一个个艺术化的活生生角色。 让你看了，就觉得台上的人物是"真实"的中国人物，他们穿过了历史的迷雾，走到了我们眼前。

可说是中国话剧的正宗，现代舞台艺术的嵩山少林，所以，不能不看。

结果，看了。看到新一代"人艺"的演出，如何？怎么说呢？还是不说的好。昔日之芳草，今天的萧艾。我想到屈原《离骚》里的句子。听不懂，听不懂就算了。

这是"人艺"五十年来第三次献演《北京人》，据导演说，要"继承人艺精神，发展人艺风格，创造新的剧场形态"。抱歉得很，我既没看到精神，也没看到风格，更没看到创新的形态。只看到一群戏剧专业训练出来的高材生，在台上走来走去，嚷来嚷去，像毕业展演那样，蹂躏着曹禺的《北京人》。这次演出，是明确表达了主题意识，让人看到垂死的传统如何束缚渴望新生活的青年一代，但演来演去，只有概念化的封建传统扼杀新生事物，人物都不见了，这与革命样板戏的精神与风格何异？大概唯一的差异是愫方出走，学的是娜拉，不是蓝苹。

《北京人》怎么沉沦至斯！

目盲心不盲

两个月前，在北京"人艺"看了新一代演出曹禺的《北京人》，大倒胃口。实在气不过，写了篇剧评，还在心中暗暗赌咒，再也不去看话剧了，还不如安坐家中看看昆曲录影带呢。因此，听说朋友找我，要我去看香港话剧团新排的《盲流感》，就躲着不敢应，"一朝被蛇咬"，吓成井底之蛙了。

没想到，躲在井底还是给朋友找到。说《盲流感》是根据萨拉马戈小说改编的，很有特色。我一听是萨拉马戈，心动了，许多年前读他的《修道院纪事》，深深感受过其艺术想象与历史沧桑相互穿插现实与超现实之间游荡的气氛，他的作品有一种植基于生活体验的象征意义。电话里聊了起来，不禁大叹北京"人艺"的堕落，对方大概听出了弦外之音，说这出戏有特色，可以看的。

的确，《盲流感》是有特色，不但是剧本好，演出的整体水平也颇可观。也许是因为剧情的展现，雷霆万钧，不需要角色深入挖掘个人的内心变化，个别角色的特写发挥就不是着墨之处，而整体演出的相互配合，营造了排山倒海的气势，呈现了人们在瘟疫来临时自私自利的丑恶与堕落，也显示了堕落到底之后的醒觉、奋发与自我救赎。整体的演出效果十分成功，在不断深入揭露人性的脆弱、虚伪、恐惧之中，隐隐呈现了故事背后悲天悯人的关怀，像狂风暴雨中若隐若现的一丝蓝天，预示着最终的雨霁天晴。

李欧梵看了这出戏，觉得过于严肃，"不甚适合香港观众的口味"，理由是"香港人似乎惯于看插科打诨式的无厘头喜剧，对这种寓言意味甚深的戏，也许不知道如何反应，或许会觉得太过政治化"。 说的固然有理，讲的是香港一般市民的艺术品味，但却忽略了香港七百万人之中总有个百分之五（也就是三十五万人了），其艺术品味是可以接受并欣赏严肃创作而不至于总是欣赏"无厘头"的。

我倒不是要跟欧梵抬杠，而是在看戏时感受到了观众的接受与反应。 剧院一千多个位子，座无虚席，台上演到精彩处，大家屏息以待；演到荒谬关节，台下爆出无奈的笑声；演到终场，掌声雷动，好像是剧情的延续，让人的激动与兴奋心情持续了好长一段时间。 亚里士多德说，悲剧让人产生恐惧与怜悯，最后让人得到心灵的洗涤。 我想，这上千的香港观众都会同意亚里士多德的说法，他们欣赏这样严肃的戏剧，不只钟意无厘头的喜剧。 有意思的是，欧梵看的是首演，我看的是最后一场，也许说明了观众反应的不同。 好的艺术创作，需要时间的验证；严肃的戏也可以历演不衰，而且和美酒一样，愈陈愈香。

《盲流感》的剧情，有着浓厚的宗教象征意义。 由一场导致眼盲的瘟疫来展示人类的懦弱恐惧。 这场瘟疫导致了整个社会的堕落与灾难，好像"上帝开了个玩笑"，让我们在痛苦中找寻生命的意义。 目盲了，心却逐渐醒了。

感谢香港话剧团，提醒我们千万不要患上"盲流感"。

《茶馆》

　　亚里士多德在《诗学》中说，悲剧有"卡他死死"的功效，使人们感受恐惧与怜悯，让心灵得到洗涤与净化。 心灵的洗涤与净化是内在的心理过程，用词比中国古诗里的"肠中车轮转"抽象多了。 怎么去理解呢？学究们写长篇累牍的学术论文去分析，甚至为了剖明"卡他死死"的原始字义而研究古希腊文。 他们能够说得清这个心灵怎么洗怎么涤吗？对一般人来说，大概是鸭子听雷，不知所云。

　　我倒是有个简单的方法，建议你去现场看戏，看一出北京"人艺"演出的老舍的《茶馆》，你就一定"卡他死死"了。

　　这次北京"人艺"到香港来演《茶馆》，卖了个满堂红，开演半个多月前就挂出"客满"牌，可见识货的人不少。 在我的记忆中，上一次看《茶馆》是十几二十年前的事了。 到底是十几年前，还是二十几年前，实在记不清。 但是观剧的震撼与"卡他死死"的感受，却记忆犹新。 回想起来，于是之饰演的茶馆老板王利发，一张瘦削的苦脸，勉强堆上的谄媚笑容，像人世艰辛的涓涓细流日夜流淌。 到剧终时，他卑微地喊出自己一生是个顺民，从不敢招惹谁，怎么落到活不下去的悲惨结局的呼喊。 涓滴的苦难、委屈与辛酸，是他一生的写照，汇成排山倒海的山洪，冲决了观戏距离的堤防，让我唏嘘不置。 亚里士多德地下有知，也一定会选择老舍的《茶馆》——而且是北京"人艺"的演出——来阐释他的"卡他死死"，赋予更为普世的意义。

　　这次看《茶馆》，居然激动得落泪，泪水沿着两颊滑落，顾不得擦。 不是说人老了，见的世面多了，感情就钝了，不再为英雄气短而愤怒，不再为儿女情长而感伤？怎么看一出《茶馆》，竟然"卡他死死"到大雨滂沱之境呢？当然是因为演得好，梁冠华的王老板虽然胖乎乎的，少了些狡狯机灵，多了些忠厚朴实，但是其演晚景之凄凉，真能催人泪下。 濮存昕的常四爷，一举一动，分寸掌握之高明，音调语气与抑扬顿挫之巧妙，更制造了感染人心的气氛。 在结尾之前，常四爷感叹："我爱咱的国啊，可是谁爱咱呢？"常四爷低着头，不动声色，好像只是呢喃自语，一点也不夸张，不虚假、不做作、不滥情，于平淡中隐隐听得惊雷，而全剧积累的能量就在观众心底涌起惊天骇浪。 然而，演得好，并不见得是催人泪下的原因。

或许上了年纪，经历多了，知道什么是真实人生的违遇与无奈。 看到《茶馆》里文化秩序的全面崩溃，忠厚老实的小人物，被逼到墙角旮旯，无所逃于天地，而小人得志猖狂，流氓无赖横行霸道，真让人感到昊天无极，大地不仁，卡他死死。

成都灯影戏

前几年四川大学博物馆新馆落成，面临着锦江，离九眼桥不远。馆长是老友，邀我参观，说望江楼就在旁边，可以登楼眺望锦江的波光。不禁想到，溯江而上，要不了多远，就是百花潭，再往上就是浣花溪，是杜甫草堂了。杜甫当年居停在成都，写有《卜居》一诗："浣花溪水水西头，主人为卜林塘幽。已知出郭少尘事，更有澄江销客愁。无数蜻蜓齐上下，一双鸂鶒对沉浮。东行万里堪乘兴，须向山阴上小舟。"杜甫多年后回到成都，有首绝句也是写锦江风光："两个黄鹂鸣翠柳，一行白鹭上青天。窗含西岭千秋雪，门泊东吴万里船。"从浣花溪一路顺流而下，看锦江澄波光影，一定要经过这座望江楼，经过博物馆门前这段江面。朋友说，二十年前两岸草木葱郁，还能体会蜻蜓水鸟翩飞上下的风光，现在满目尽是建筑工地，以及高达二十来层栉比鳞次的高楼大厦了。

博物馆设有一区介绍四川民俗，介绍婆嫁丧葬的红白喜事之外，还有相当大的内厅展览清末民初的皮影。仔细一瞧，大为惊叹，人物镂刻的精细不说，面部表情亦栩栩如生。也不知道牛皮是如何染色的，经过了一个世纪，在灯光照射下，还是色泽鲜艳如新。大多数皮影都是戏曲人物，而且展现出表演的情节，如《白蛇传·断桥》一段，小青手执利剑，恨不得砍杀许仙，虽有白娘子挡在身前，许仙还是吓得浑身发抖。朋友告诉我，这批收藏是华西大学旧物，是民国期间搜集到的，在西南地区可算是绝无仅有的宝贝了。我说，这么好的民间艺术珍品，外面从不知道，岂不可惜，借给我们在香港展出，如何？馆长答应得倒是爽快，说没问题，就这么办，我打个报告，让这些成都皮影到香港去亮相。

我随后找到一本宣统元年（1909）出的《成都通览》，在"成都之游玩杂技"类，列有几幅介绍性的绘图。一则是"灯影戏"，画几个观众围着戏台，台前有幕布，幕后有人操作影戏，说明是："有声调绝佳者，不亚于大戏班。省城之影光齐全者，只万公馆及且脚红卿二处之物件齐全。省城凡十六班，夜戏二千五百，包天四吊。"清末还有十六个戏班，算是相当红火的，夜场二千五百文，包整天要四千文，不算太贵，因为当时饭店上道清蒸鸭子要八百文，辣子鸡要四百八。还有一则是"陕灯戏"，画的是幕后操作的情景，注明唱的是秦腔。此外，有"木肘肘"，说明是："俗呼棒棒戏也。有名京肘肘者，甚妙。即木偶人也。"是以木杆操纵的傀儡戏，与日本的文乐及欧陆的 marionett 同一类型，个头较大，有半个人大小。

在香港展出成都灯影，大概可算空前吧，可惜没有人会唱成都皮影调了。

张飞骂孔明

中国戏曲发展到清初，有所谓"南昆北弋东柳西梆"，昆曲、弋阳腔、梆子戏，都是大家比较熟悉的。东柳指的是山东柳子戏，现在听来陌生，当时却是相当流行的剧种，覆盖冀鲁豫交界，以及皖北、苏北一带。民国以来，柳子戏凋零殆尽，到如今硕果仅存，剩下唯一的山东柳子戏团，算是濒危的口传非物质文化遗产了。

因此，柳子戏剧团来到香港大会堂演出，我就和一些朋友一样，带着几分戒慎的心情去观赏，就好像动物园里来了只华南虎，当然要去看看，可又怕早已是病息奄奄的大虫，非复啸震山林的猛虎。第一天演的是大戏《孙安动本》，颇有气势，风虎云龙，行当齐全，唱腔也有特色，有板有眼，让人大饱耳福。特别是其中有不少明清时期的流行曲调，像弋阳帮腔、青阳滚调，虽然不见得还是明朝的唱法，但余韵犹存，让人发思古之幽情。

与昆曲或京戏相比，柳子戏威猛有余而细腻不足，不过，倒不完全是土腔土调，很有点秦叔宝舞锏的威风，可以媲美公孙大娘的气势。说到威风，柳子戏的大花脸唱起来真是威风八面，粗犷得像张飞的丈八蛇矛，在舞台上横冲直撞，确是山东好汉的气魄。第二天演出的《张飞闯辕门》，就把粗犷的气魄发挥到了极致。最有趣的是张飞的唱词，村俚之中不失威风，却又的的确确俚俗得可笑，演活了山东农村想象中的莽张飞。

故事讲年轻的诸葛亮初次登坛点将，张飞不服，看不起这个只会动嘴不动刀枪的军师，背后骂他是"村夫"，是"臭牛鼻子"。 诸葛亮点卯，他不肯到场，违了军令，还发狠，"我先捅他三枪"。 孔明叫张飞进帐请罪，他就开骂了："放他娘的屁，咱老张有何罪犯。"再来就大放厥词，叫赵云告诉诸葛："对那村夫去说，叫他下得位来，头顶金香炉一个，一步三叩，三步九拜，拜在愚兄我的面前，在愚兄靴尖之上，这么，叭叭叭，连磕二十四个响头，将他恕饶。 如若不然，俺就抓住他的双腿儿，这么一劈，这么一晒，晒他娘的个焦干。"发狠开骂之不足，还舞动丈八长矛，硬闯辕门，要捅死"臭牛鼻子"。 刘备、关羽拦住，他又赌誓："不看大哥刘玄德，不看二哥关云长，待我摔，摔，摔不死村夫不姓张。"

　　这出山东戏里的莽张飞，莽撞得极有山东特色。 不过，他一连串的"粗口"，下了戏台，在香港乘地铁的话，不但要遭罚款，还得坐牢的。

付与断井颓垣

今年春天，青春版《牡丹亭》在北京演出第一百场，观众两千多人，有一大半是青年学生，坐满了北京展览馆剧场，个个如痴如醉，台上一颦一笑都感染着观众的情绪，演到悲处就有人抹眼泪，演到喜处就哄笑满堂。"唱戏的是疯子，听戏的是傻子"，可算是得到了最真切的证明。散场了观众还不肯走，都围在前台，又喊又叫，也不知道喊叫些什么，倒感染了谢幕的演员，笑得姹紫嫣红开遍，都像手上捧的花束一样。庆功宴开在莫斯科餐厅，大家高兴得胡言乱语，没老没小，都成了疯子加傻子。

白先勇打电话来，说形势大好，打铁趁热，再来个大手笔，要在十月初北京国家大剧院开幕期间，到"巨蛋"里上演一轮，那才风光呢。配合演出，还得办个国际研讨会，白天开会，发挥学术知性的探索，晚上看戏，享受美感娱乐的熏陶。于是，就兴冲冲参加筹备，兴冲冲赶到北京，兴冲冲开会，然后兴冲冲赶到国家大剧院，再度（其实是第四度了）与北京的群众一同观赏昆曲。

没想到，这一次的北京群众是真正的人民群众，与前三次以大学生为主的观众大不相同。事后才知道，大剧院刚开幕，还在试演期间，不卖票，只有通过特殊渠道才能前来观赏。一些票给了官员，少数亲自光临，多数都给了保姆、司机、随员；主要的票源由民政部统一配发，发给遭到拆迁的原居民，算是政府对他们的精神补偿，奖励他们为了国家大剧院献出自己的家园。

一开场，气氛就不对，该笑的地方不笑，该鼓掌不鼓掌，该喝彩不喝彩。 杜丽娘一游园，观众席上就窸窸窣窣，有人坐不住了，才唱到"袅晴丝吹来闲庭院"，就有人像逃难似的，跌跌撞撞冲出剧院。 唱到"原来姹紫嫣红开遍"，只听到一阵兵荒马乱，高跟鞋橐橐有声，出奇的无板无眼，盖过了悠扬婉转的笛声，演奏着人民群众的"流亡曲"。 其实群众已经相当自制，没有大呼小叫，责问昆曲是不是封建遗毒，是为谁而演。 为了维护国家的尊严，给国家大剧院面子，只好自己默默地、灰溜溜地、毫无尊严地，落荒而逃，把姹紫嫣红的昆曲，都付与观众席上的断井残垣。

　　昆曲是阳春白雪，是中华文化最高的艺术成就，本来就不是为了普罗大众而演。 国家大剧院上演昆曲，特意安排拆迁群众来观赏，可谓用心良苦。 是想展示北京是首善之区，人民群众有高水平艺术鉴赏能力？还是给青春版《牡丹亭》提个醒，别以为自己是"世界文化遗产"就了不起？

《牡丹亭》与芜湖

　　汤显祖的《牡丹亭》，在明万历年间一问世，就轰动遐迩，让当时见多识广的沈德符叹道："家传户诵，几令《西厢》减价。"这本戏最著名的折子是《游园惊梦》，在舞台上历演不衰。 2001年5月，联合国教科文组织公布世界"口传非实物文化遗产"荣衔，中国的昆曲列为首项。 此后又有白先勇策划的青春版《牡丹亭》在海峡两岸暨香港献演，让汤显祖的《牡丹亭》再度成为家喻户晓的名剧，而《牡丹亭》研究也成了一时的显学。

　　《牡丹亭》受到世界瞩目，不但汤显祖的家乡与有荣焉，连汤显祖被贬降为县令的浙江遂昌也建起了汤显祖纪念馆。其他地区也不甘人后，只要能沾点汤显祖或《牡丹亭》的余泽，就大肆宣传报道，借着世界文化遗产的名目搭起戏台，唱一出活络地方经济的大戏。

　　先后听到的消息有：江西南安建了牡丹亭大花园，据说此地是剧中小姐杜丽娘游园之地；广东徐闻也建了纪念馆，因为汤显祖曾遭朝廷贬黜至此。 最近则有学者提出，《牡丹亭》是在芜湖写的，因此芜湖也可以进入文学版图，实施文化旅游的宏图大计。 说《牡丹亭》写于芜湖的根据只有一条，是纂于嘉庆十二年（1807）的《芜湖县志》，距汤显祖写成《牡丹亭》的1589年，已有两百零九年的历史间隔。 纂志者并未明说汤显祖为什么会跑到芜湖来写《牡丹亭》，只在述及芜湖李氏雅积楼时，不甘寂寞地捎带上一笔："世传汤临川过芜，寓斯楼，撰《还魂记》其中。"

其实，汤显祖弃官回乡，在江西临川老家筑玉茗堂，并在家中写完《牡丹亭》，这一事实见于该剧的创作缘起。在第一出《标目》中说得明明白白："玉茗堂前朝复暮，红烛迎人，俊得江山助。"也就是说他日日夜夜在玉茗堂写作，与芜湖的雅积楼毫不相干。

可是，就有芜湖学者不甘心，一心要为家乡增光，考证起李氏雅积楼与汤显祖可能有关，《牡丹亭》有可能写于此楼。只是考证的方法十分可怕，先缕列了李家世系，找到一个李原道，1528年的举人，"大体长汤显祖二十来岁"，可能有交往。且慢，汤显祖生于1550年，若是李原道比他大二十来岁，岂不是三五岁就中举了？又说，汤显祖尺牍中有三篇是写给李宗诚的，这李宗诚应当是芜湖李家的人，与李原道（字宗铭）同辈。发了什么昏？汤显祖的朋友李宗诚，名复阳，江西丰城人，与显祖是同年进士，史迹可考的。

如此张冠李戴，全国还不知会出现多少汤显祖纪念馆呢！

小青春演昆曲

　　白先勇的青春版《牡丹亭》红极一时，蔚为风尚，许多剧团也跟着"青春"。在传统剧目前面加上"青春"二字，找些年轻的演员粉墨登场，披挂上阵，马马虎虎混一场，张张嘴，动动腿，描猫画虎，居然使得过去老掉渣的昆曲焕发了青春，倒是始料未及的事。我常说当今世界没天理：大美利坚合众国远在大西洋之西，石油蕴藏丰富，非要找个"输出民主"的借口，出兵去"解放"伊拉克的石油；香港同胞的平均收入几乎是世界一流，却家家住鸽子笼，伸伸腿舒舒腰，手脚已越过了窗棂，凌空荡漾；昆曲老艺人举手投足都是戏，偏没人看，非要些还没出师的俊男美女登场，在堆满了舞美设计的舞台上，像穿梭于家具行中，唱做两不谐，才引得新新人类如痴如醉。

　　抱怨归抱怨，我对小青年肯唱戏，肯在舞台上传承"世界非物质文化遗产"，仍是充满了敬佩与关怀。只要不贪慕虚荣，不是为了"登台成一快，不负少年头"，只要肯下苦功，好好学戏，继承师傅的衣钵，我是一定赞扬有加，并想方设法助成其美的。最近在文化部的支持下，上海青年京昆剧团及上海戏剧学院附属戏曲学校安排了一个"国粹香江校园行"的节目，来到香港五所学校演出昆曲。名目虽然一派官腔，像是中央派了个宣慰团来香港慰劳港人治港似的，演出却完完全全是传统昆曲折子戏，有板有眼，一丝不苟，看得我文思都"青春"起来，想套用新新人类的文艺修辞法，说"怀念青春的眼眶中充满了日立空调都无法冷却的热泪"。

在城市大学演出的剧目是《孽海记·下山》《草芦记·花荡》《牡丹亭·游园惊梦》《扈家庄》《玉簪记·偷诗》五折。前两折仅是片断，却也有可圈可点之处。 小和尚耍念珠，甩得凌空而起，平平稳稳坠回肩头，是下过功夫的。 小张飞身腿利落，几个飞脚打得边式，扮相尤其妩媚，豹头环眼吐露几丝笑意，实在可爱。"游园"的杜丽娘扮相靓丽，一似唱词"小试宜春面"，美艳照得舞台生春。 虽然唱腔稚嫩，身段僵硬，四功五法都还有待磨练，那扮相之美已经颠倒了新一代的许多大学生。 最令人激赏的，当推小扈三娘，那一身功夫，在台上扭腰踢腿，跳掷移挪，红缨枪矛舞得滴水不漏，引得我脱口叫好："王芝泉教出的好学生，好！"扮柳梦梅与潘必正的是同一个巾生，声口最好，一举一动也都带着书生的潇洒风流，如行云流水，看得舒服。

小演员卸妆后，个个都是乖学生，十五六岁的孩子，十分腼腆，也十分可爱。 昆曲的前途，国粹的未来，都系在他们身上，不知他们知道否？

听戏与唱戏

计镇华唱起戏来，好听得紧。声音高亢，裂石穿云，有金石之音，那是不用说了。让我感到匪夷所思的是，声音里有一种丝绒般的柔软与滑腻，又带着一缕甜丝丝像新西兰蜂蜜的原味。这么一说，或许有人会问，高亢入云如何又柔腻如丝绒呢，岂不是自我矛盾？我只能说，他音域宽，变化多，上穷碧落下黄泉，错落有致，婉转自如，八音并存而不乱。本该是刺耳的高音像是裹了一层槐花蜜，听来一点也不刺耳，只觉得灵魂跟着歌声在云端里摇曳。真是不好形容。不过，孔夫子听韶乐，说什么"尽善尽美"，也没讲出个名堂，只记得"三月不知肉味"。

我最喜欢听计镇华唱《长生殿》的"弹词"，从"一枝花"（不提防余年值乱离）一直唱到"九转"，声容并茂。有时悲切，如流水之呜咽；有时激昂，如风雷之咆哮；有时舒畅，如长空翱翔之列雁；有时急促，如激流险滩之跳鱼；有时婉转，如黄莺舒展歌喉；有时顿挫，如大厦突然倾圮；有时欢乐，如盛宴舞霓裳羽衣；有时凄凉，如寒夜听秋雨梧桐。有一次我忍不住，说太好听了，有空得跟你学学，就不枉此生了。计镇华听了，眉毛一扬，说好啊，你什么时候来上海，我教你。我说出口，便知不妙，赶紧又补上一句，说小时音乐太差，连乐谱都看不懂。他说我们小时学戏，也不会读谱，老师也不会，大家跟着唱，唱着唱着就会了。主要看天分与勤奋，你的声音很好，有天分，不会谱可以跟着我唱，唱得好的。

我以前住在纽约，几乎每个星期都到大都会歌剧院听戏，偏爱的男高音是帕瓦罗蒂与多明戈。总觉得多明戈的声音真是 metallic，掷地作金石声，可就是比帕瓦罗蒂少那么一点绕梁三日的妩媚。真是造化弄人，再努力唱尽了瓦格纳的"指环"（帕瓦罗蒂不会唱德国歌剧），还是无法超越"人工不及天工"这个政治很不正确的道理。后来听说，帕瓦罗蒂不识乐谱，靠老师一句一句调教，是个"跟风"派。看来，我若真如计镇华所说的有天赋，又肯勤奋努力，说不定可以追上帕瓦罗蒂的成就，将来挂出戏牌，就署"郑镇华"吧。

　　不久前请计镇华来香港讲学，他说忙，无法分身。倒是记得我提过学戏的事，说怎么一直没来呢，这儿还等着教呢。我说，八十岁学吹鼓手，太晚了，学不成大器。他笑说，不想当中国的帕瓦罗蒂了？我说，洋人也有句谚语，"教老狗玩新把戏"，玩不出花样的。

快雪时晴

快雪时晴，是一种境界，也是人生对自然、对自己生存境遇的新鲜体会。 王羲之经过了国破家亡的丧乱，颠沛流离，从北方避难到江南，寄居于会稽山阴，"此地有崇山峻岭，茂林修竹，又有清流激湍，映带左右"，可以在宁谧平和的新环境里寄托余生，可以"仰观宇宙之大，俯察品类之盛"，可以"游目骋怀，足以极视听之娱"，已经逐渐超脱了生命挫折的困境，从自然美景中重新体会了生活的愉悦。 看到快雪时晴，眼前是雪霁之后的清明爽朗，就像生命经历了山重水复的困塞，突然间柳暗花明，踏入了一片新天地。 叫王国维来说，这境界很特别，不是古今成大事业者的境界，是超越了世间成就的另一种境界，带着几分宗教与历史的情怀，在"江湖寥落尔安归"的困惑中，突然在自己心田中找到了一片安身立命的乐土。

藏在台北故宫博物院的《快雪时晴帖》，是唐人摹本，一共二十八个字。 上下左右虽被乾隆的御笔污染得滴水不漏，像层层包围的八旗阵势，想要一举歼灭而据为独夫所有，羲之内在感悟的愉悦情怀、对朋友的温婉问候，还是自在飘逸，超脱重围，跃然纸上，跨越了一千六百多年的时空，感染了我们现代人的心境，展示了艺术历久弥新的力道。 近来台北国光剧团与国家交响乐团合作，排了一出《快雪时晴》的新编京剧，企图融合古今中外的表演形式，在舞台上阐释王羲之的艺术境界。 或许这也就是王羲之《快雪时晴帖》的魅力，千载之下，还能感召现代艺术家们跨界合作，追寻艺术翱翔的超越乐趣。

　　我恰好在台北开会，受邀观赏。 演出前朋友都来打预防针，说这是一次尝试，既有新编的京戏唱腔，又有歌剧美声唱段，有鼓板胡琴，还有交响乐团，心里要有准备。 故事也复杂，有三条脉络进行，交叉铺叙剧情，恐怕观赏起来有点吃力。 艺术总监是老朋友，还在开演前陪我听了钟耀光讲作曲心得。 作曲家是香港人，广东口音，却在谦和中充满了自信，提到以前也有融合京戏与交响乐的尝试，江青主持的样板戏就开了先河，他只是循着前人开创的道路，进行新的艺术探索。 说得不卑不亢，与台湾政坛上只争朝夕的"众声喧哗"是完全不同的境界。

　　也许是打过预防针，我观赏的体验是出奇的美好，既不觉得京戏的唱腔与交响乐有什么龃龉，也不觉得有什么三条交缠的剧情脉络，倒感觉像在观赏王羲之的书法，如行云流水，行于所当行，止于所不可止。 舞台展现的四功五法，虽有些新颖的转化，但大体韵味不失，以传统的虚拟写意为主，却又加入了清晰可辨的象征层次（所谓"第二条脉络"），丰富了戏曲表演的艺术形式。

　　没想到，新编京剧也可以如此有境界。 快雪时晴不朽。

王有道休妻

台北的国光剧团应邀来港，在香港城市大学演出两晚：第一天排的戏码是《王有道休妻》，加了个副题"京剧《御碑亭》颠覆版"，并且列明了是"京剧小剧场"；第二天的戏码是《爱杀乌龙院》，列明前场为京戏《坐楼刺惜》，后场为昆曲《活捉》（即《情勾》）。明明都是老戏，还要如此列明，甚至说要颠覆，其中当然是大有玄机。

我连看了两晚的戏，感觉良好，特别欣赏演员敬业的精神，他们演得汗流浃背，额头上的汗珠一粒粒闪烁如碎钻，星光熠熠，散发艺术的光芒。《爱杀乌龙院》的前场是传统京剧路数，中规中矩，演员迸发出激情，十分投入，七情上面，令人动容。朱胜丽饰阎婆惜，踩着跷，轻移莲步，卖弄风情，转眼就化风骚为泼辣，变成毒如蛇蝎的狠心婆娘，演得出色当行，令人咬牙切齿。唐文华的宋江，隐忍大度之中有一股桀骜的邪气，一不留意就要爆发出来，强化了戏剧的悬疑与张力，直到最后辣手摧花，喘着大气，疯狂挥刀，尽情发泄胸中恶气，让人看得过瘾。后场的《活捉》，是梁谷音、刘异龙的经典演出路数，演员亦步亦趋，很有点模样了。刘稀荣的张三郎，虽然抹灰变脸的转型不错，但整个演出稍嫌过火。倒是丧命时"钻被窝"那一记绝招，蹿上摔下，摔得漂亮，像奥运体操冠军从高低杠上一跃而下，沉稳却轻盈。

最让我看得高兴的，其实是《御碑亭》颠覆版《王有道休妻》，主要是因为剧本改编得好。说是颠覆，当然是跟原来的老本子不同，然而这出戏的"颠覆"，却非中国近代史上大家耳熟能详的"打倒在地，还要踏上一只脚"式的颠覆，不是"天翻地覆慨而慷"式的颠覆，而是温柔敦厚的、和风细雨的、欲语还休的、甚至有点近乎"枕边细语"式的颠覆。你要问了，如此温柔体贴，还"颠覆"得了吗？还能彻底消灭迂腐的王有道，彻底批判王有道"沙文式"的大男人主义？其实，你得问问自己，你能了解古代的人际关系与女人的人间处境吗？你具备最基本的"历史同情"（historical sympathy）吗？你有起码的艺术欣赏敏感度吗？你知道艺术颠覆的目的，不是为了毁灭性的玉石俱焚，不是为了提供刺激性的、暂时的、像服食迷幻药一般的快感，而是让我们深刻理解与反思剧中人物的处境，深刻理解人生的复杂与无奈，然后决定你自己的同情与嫌恶，而非人云亦云、跟风胡吣吗？

《王有道休妻》最精彩的安排，是把女角孟月华一分为二，展现出显隐两层的女性意识，并通过唱做，演示给观众看，把内心戏的复杂情况做了现代的诠释。王安祈编剧聪明之处，在于不用布莱希特大张旗鼓式的"倡导"，而利用现代实验小剧场的"性格分身"呈现手段。我想，连迂腐的王有道看了，都会颔首认可吧。

卢燕与慈禧

老太太今年八十了，精神矍铄，看起来六十许不说，还有一种娴雅的风韵，如玉树临风，让人觉得仿佛空气中添了一股缥缈的幽香。我问她当年住在梅兰芳家里，有没有学戏？她说，在沦陷的上海，梅兰芳蓄须明志，表示从此不唱戏了，因此，只能在家里偷着练功。她没有直接跟着学过，只是喜欢戏，偶尔也票过，会那么十来出吧。"家里人要我读书，说我嗓音不行，天生的，不适合唱戏。您知道，唱戏要有天生的条件，身材要好，还要有一条好嗓子，扮相也得好。"我说，您天生就是闺门旦的角色，端庄娴淑，扮起来像梅兰芳。老太太嫣然一笑，谦和地接受了我的称赞，像她在舞台上演慈禧演到心情舒畅之时，泰然接纳德龄（而非众臣工）的颂美。

卢燕这次来港，主演《德龄与慈禧》中的慈禧角色，出神入化，几乎令我以为真的进入了慈禧的内心世界，看到了"真实的"有血有肉的慈禧。自从1975年李翰祥执导《倾国倾城》以来，卢燕演慈禧已逾三十个年头，恐怕她已经把这个性格完全内化了吧？她说，一般人心目中的慈禧比较平面，只有凶狠霸道的一面，而且冥顽不化。她总觉得慈禧还有人性的一面，因此，特别喜欢何冀平的剧本。通过德龄天真直率性格的展现，慈禧受祖宗成法压抑的人性得以表露，这也让她在表演上得以发挥。我心想，卢燕的温柔敦厚，在进入角色的过程中，醇化了慈禧的性格，呈现了慈禧可爱的一面，可谓艺术美化了现实。历史真实中的慈禧，深沉阴鸷，绝对没有卢燕表演得这么慈祥可喜。

上次卢燕来港，是演出江青改编的马勒《大地之歌》舞剧，我负责组织了两天的研讨会，也就认识了卢燕。她给我最深的印象是谦和敦厚，待晚辈如朋友，而且绝无虚套。她回美国之后，还与我通过电邮，有一次是在海外报纸上读到我的诗后，来信称许，让我受宠若惊。她曾说梅兰芳是她的"寄爹"（干爹），寄爹给她最深刻的印象与影响，就是如何待人与处世。待人要真诚，要谦厚；处世要平和，不卑不亢。

我问卢燕，演过这许多不同版本的慈禧，其中有没有变化与发展？她说，最喜欢《德龄与慈禧》，因为可发挥的空间大。她说当年票戏，请寄爹指点，梅兰芳说："演得都没错，就是还没到位。"这句话成了她终身受益的座右铭：做什么一定要做到位。演慈禧也要尽量演到位，也不知道到位了没有。

老太太不只是谦虚，还有敦厚的气度，慈禧也比不上。

三峡好人

初见贾樟柯，我眼睛一亮。 眼前这位得了威尼斯影展金狮奖的大导演，个头不高，剪个平头，脸色虽不白皙，却流露出白面书生的斯文气。 两只眼睛一闪一闪的，闪着七分诚恳三分调皮的黠慧，在厚实的乡土气中透露出青山绿水的清灵。他穿一双白底黑帮的球鞋，颇似二十块人民币一双那种，像来自湖南乡下到深圳打工的青年农民。 然而他轻快的步履又让你怀疑，眼前这个小伙子是不是在加州长大的华裔第二代，来自伯克利的交换生？

他说《三峡好人》是拍纪录片时临时起意的即兴作品，原先没有剧本的。 在三峡拆迁的奉节拍纪录片，有一天突然像是遭到雷击，灵感纷至沓来，挡都挡不住，故事的主线就出现了：人生的悲欢离合，配合历史文化与山川大地的变迁，宏观地讲，是人类的处境，长江毕竟东流去，谁也阻挡不了。 但是，换到每一个活生生的人物身上，每个人的生活遭遇就是一生最重大最具深远意义的抉择。 活在世上，个体主观的自由度的确不大，但是毕竟还有选择的自由。 只是选择了东，就不能向西；建了大坝，就淹没了三峡的历史。

他说到促使自己投身电影艺术的三次启蒙，一是陈凯歌的《黄土地》，二是侯孝贤的《风柜来的人》，三是袁牧之的《马路天使》，这让我大为高兴。 特别是袁牧之，我说这是中国电影史上最伟大的天才。 贾樟柯说，来看《三峡好人》的首映，好不好？其中有私淑三位前辈的影子。

的确，《三峡好人》中有早期陈凯歌背负大地的沉郁，有侯孝贤背井离乡、漂萍转蓬的现代疏离，更有袁牧之蒙太奇式的人生驳杂以及社会底层人物相濡以沫的人道关怀。我当然还看到了狄西嘉与安东尼奥尼，看到了中外电影艺术传统如何融入这部平实朴质的影片的血脉而创造出新意。

最有趣的是四处超现实场景的运用：不明飞行物体在三峡上空闪烁，建筑物如火箭升空，桃园三结义的刘关张围着桌子打游戏，拆迁工人高空走钢索。当然都有象征意义。

我告诉贾樟柯，看到四处神来之笔，以及烟、酒、茶、糖四个汉字的间离。还有别的花样吗？他笑笑，笑得很神秘。

帕瓦罗蒂走了

帕瓦罗蒂走了，享年七十一。不久前，因癌症住院时，他还相当自傲地宣称，自己的声音宝刀未老，依旧洪亮，可以登台献艺再唱上几年。他讲话的时候，神情萎顿，但是音色饱满圆润，富有磁性的穿透力，让人觉得，他的健康情况或许比他外表好得多，让人觉得他很快就能康复，实现他的环球告别演唱之旅。没想到，这几句对未来充满憧憬的话，竟然成了天鹅之歌。古人说，人生七十古来稀，现代人听了不当一笑，总觉得是说古代情况，不适合拥有先进医学的现代人。没想到，帕瓦罗蒂只比"古来稀"多活一岁，就驾鹤西归了。新闻报道说，他老先生太胖，重达三百多磅，对治疗造成困难，引起各种并发症，终告不治。我也有点担心，只恐上天的仙鹤载不动这位旷世歌王，万一栽下尘寰，仙乐飘飘处处闻，那才不堪设想呢。

帕瓦罗蒂太胖，是因为"喜爱美食"，说白了就是"贪吃"。他太胖，胖到行动困难，站在台上像一尊佛，难以匹配其歌剧男高音角色的形象，我曾多次领教。可是他一开口，声音有如天籁，让你完全进入了听觉的世界，恨不得自己是天生盲聋，从没见过他"伟大"的身躯体态。听着听着，你就忘了他的形体，逐渐丧失视觉判断的能力，任由听觉想象来模拟台上的英俊小生，颠覆了"不知子都之美者，是无目也"的古训。他的歌声不只是高亢入云，还有一种超乎金石之声的坚韧，好像是不锈钢的探棒蘸满了蜂蜜，听来会感到脑后嗡然翕动，口内生津。

帕瓦罗蒂常驻纽约大都会歌剧院，我有幸在纽约市住了十五年，每年都围绕着他演出的场次买歌剧套票，也就这么一路听下来。高 C 歌王仙去，倒勾起一些不足为外人道的粉丝秘辛，随便说说，想来也不会见怪。话说，他为了庆祝六十大寿，特别挑了成名之作《军团女儿》，要显示廉颇老将的威风，在第一幕连唱九轮高 C。《纽约时报》还在娱乐版出了专刊助兴，探讨歌王年纪大了，一连串唱九个高 B，已经令人五体投地，可以让歌迷三月不知肉味了。我读到此，心中暗笑，这是乐评家"兜着"呢，足见歌王的人缘好，未曾演唱先有人搭好了下台的台阶。我听的那一场，歌王碰到第一个高 C 就唱破了音，我们还没反应过来，他已经急转直下，降八度接唱，草草收场，急急落幕。可怪的是，没有人喝倒彩，鸦雀无声，好像是我们做了什么亏心事，个个灰头土脸的。第二天报纸也没提，事情就这么过去了。

第二年帕瓦罗蒂卷土重来，唱《托斯卡》，好极了，纽约歌迷依旧如痴如狂，没人再提往事。

《清明上河图》

因为协助艺术馆举办《国之重宝》的推广活动，受邀作为嘉宾，在闭馆期间观赏了这批来自北京故宫的晋唐宋元书画。馆内寥寥落落有几批小学生，乖乖跟着老师巡礼，也不知他们心里想的是什么，个个瞪着无邪的大眼睛，像探照灯一样，扫过来扫过去，望着出口方向，大概是盼着赶紧看完，好到外面买客冰淇淋吃。于是，我们就轻易地来到《清明上河图》跟前，恣意观赏。

前两年上海博物馆联合故宫博物院及辽宁博物馆，展出七十二件国宝，其中就有《清明上河图》。我因公务之便刚好在上海，又因探望一位老人家，他患有眼疾，转送给我贵宾观赏券，得以越过蜂拥的人潮，顺利入馆参观。进入馆内，有一特别长龙，一问，是排队观赏《清明上河图》的，说要排两小时，而在画前只准停留一分钟。我就放弃了张择端，观赏了其他的七十一件书画。每一件都好，真是观之不足，印象特别深的是董源的三幅图卷，还有宋徽宗赵佶的《瑞鹤图》。既然不看《清明上河图》，也就有暇看人家是怎么观赏的。为了一睹真迹，大家都紧贴着玻璃柜，人头汹涌，自然就鼻头与玻璃厮磨，留下一层层油渍。后面还有工作人员吆喝着，快走快走，向前移动，大杀风景，莫过于此。古人雾里看花，在朦胧中揣想姹紫嫣红的娇媚，现在的上海人却隔着油汪汪的玻璃罩，想看清楚汴梁城的宋人生活画卷，想来不禁失笑。

眼前这幅《清明上河图》，静静地敞开，邀请我仔细看个端详。五米多长的绢幅，散发着赭黄色的光辉，凝聚了一千年的赞叹，好像时光在此停顿，历史在此定格，展现宋代京师的热闹与繁华。　虹桥一段精彩绝伦，桥上人马喧阗，有摆摊贩货的，有卖吃食的，有推车的，有挑担的，有骑驴的，有闲走的，有轿马争途的，有攘臂厮打的，形形色色，不一而足。桥下则急湍中行舟，降下桅樯以穿越桥洞，水手各司其职，神态紧张，岸边人等也大呼小叫，指手画脚。　看着画，好像听到涛声中夹杂着呼喊，小心啊，要撞上啦。　如此生动的画面，看上一天，也不嫌烦。

　　《清明上河图》本来是藏在宋室宫廷里的，北宋覆灭，流入金人手中。　后来又不断转手，出入皇家就有好几次，最后还被溥仪偷出。　总算上天垂怜，1950 年，在东北被杨仁恺发现，我们才得以看到。　阿弥陀佛，善哉。

文殊变观音

香港艺术馆展出"国之重宝"，除了北宋张择端《清明上河图》，还有很多惊世珍品，琳琅满目，让人看得眼神经雀跃不止，瞳孔也为之放大，像暗夜中的猫眼。第二轮展出了王珣《伯远帖》，是乾隆皇帝三希堂的"三希"珍藏之一。想想，已经超过一千六百年岁月的书法，静静展开在眼前，我何人也，一介平民百姓，居然和许多香港的普罗大众一起，有幸欣赏皇家珍藏。乾隆地下有知，只好学学李后主，大叹"落花流水春去也，天上人间"。

此次展览还展出了李公麟（1049—1106）的《维摩演教图卷》，画的是《维摩经·问疾品》中的故事，白描，线条流畅细腻，看得人心旷神怡。正看着，拥上来七八个洋人，其中一位高大的女士似乎来自什么文化机构，扮演起专家角色，提高了声量，说这幅图卷是 hand scroll（手卷），uniquely Chinese（独具中国特色）。众洋人点头如捣蒜，眼中透露了崇尚中国文化的表情，围着图卷指指点点，特别中意身佩璎珞的贵妇人。充满权威口吻的声音再度高昂起来："这是观音菩萨，是中国最重要的菩萨，你们看，她的服饰与仪态是多么优雅。"观音菩萨？这不是胡说八道，信口开她的泰晤士河吗！

我跟身边的朋友小声说，别听她乱讲，这明明是维摩诘居士装病，文殊菩萨问疾的故事，与观音菩萨丝毫无关。我想不听，权威式的解说还不依不饶："这是麒麟，是中国的 auspicious animal（瑞兽），象征吉祥与福禄，反映了中国人对 happiness 的渴望与向往。"什么麒麟？文殊菩萨座下的狮子，居然给说成麒麟，还大言不惭讲什么中国人的幸福。

中国民间对文殊与普贤两位菩萨是熟悉的：文殊的坐骑是狮子，普贤是白象；文殊的道场是五台山，普贤是峨眉山。文殊的全称是文殊师利，即梵文的 Manjusri，因此也译作曼殊师利。 广东话近中古音，"文""曼"发音相近，念起来倒接近古风。 前几年香港艺术馆展出山东青州龙兴寺造像，就有不少"华严三圣"，当中是释迦牟尼佛，左胁侍是文殊，右胁侍是普贤，反映出魏晋南北朝时期文殊、普贤在菩萨当中的崇高地位。 观音菩萨一统天下，变成中国佛教最重要的神祇，大概是在隋唐之际。"观音"梵文是 Avalokitesvara，音译"阿缚卢绩低湿伐罗"，意译"观世音""光世音""观自在""观世自在"，简称"观音"，后来尊称"大慈大悲救苦救难观世音菩萨"。

不管怎么说，李公麟画的是文殊，不是观音，艺术馆的说明也有提到。 实在不明白这位洋导赏为什么大放厥词，把同胞骗得团团转。

韩干画马

朋友是个收藏家，专收书画，兴致来时，会找我们去看看他的宝贝，想来是"独乐乐，何若众乐乐"。高高兴兴拿出罐中珍藏的红标普洱，先泡上三四巡，看我们沉醉在品尝陈醇茶香之际，就说看看画吧。我磨蹭了一会儿，再啜上一口，依依不舍地离开茶桌，他看在眼里，微微一笑，说今天看好东西，看一卷苏东坡称赞的好东西。

慢慢打开卷轴，卷首右上方残了，出现两匹并行的骏马，靠后一匹的马头缺了一大半。再展开，两匹马似在玩嬉，后面一匹宛转马颈，绕着前马的头部。笔锋细腻有力，勾勒了骏马闲走中蕴藉着可以爆发的威势，鬃鬣与马尾画得一丝不苟，真是铁勾银画，在每一根细微的发丝中凝聚了龙媒精神。再往下看，一匹马前倾半身，踢起后蹄，另一匹马避开而作嘶鸣，一串连环动作，跃然纸上。再看下去，是长须的牧马人骑在马上，环顾群马，他身后是一片水泽，还有八匹马流连在水中。前面一匹正涉水登岸，其余还在饮水，有一匹则刚刚靠近水边，低头饮水。马群在水中的情态画得栩栩如生，水波涟漪，环绕着马腿与饮水的唇吻，令观画人情思远扬，好像穿越了历史，看到了古代牧马的情景。卷轴的末端还有一匹气宇昂扬的神驹，一丝不动站在那里，看着水中的马群，尾鬃飘在风里。

朋友露出笑容，问说好看吗。当然好看，这是苏东坡笔下写的"韩干马十四匹"。我凭自己欣赏书画的直觉，大声赞好，说好看极了。苏东坡当年所写，与眼前这幅画卷，简直就是一模一样："二马并驱攒八蹄，二马宛颈鬃尾齐。 一马任前双举后，一马却避长鸣嘶。 老髯奚官骑且顾，前身作马通马语。 后有八匹饮且行，微流赴吻若有声。 前者既济出林鹤，后者欲涉鹤俯啄。 最后一匹马中龙，不嘶不动尾摇风。韩生画马真是马，苏子作诗如见画。 世无伯乐亦无韩，此诗此画谁当看？"

谁当看？我大言不惭，说苏东坡当看，我们也当看。 不过，苏东坡写得高兴，却犯了他"想当然耳"的毛病，明明看到十六匹马，也在诗中描绘了十六匹，题目却写十四匹，也亏他。 楼钥就曾在《攻媿集》中指出这个小错，并说自己看到的是李龙眠的摹本。 我们眼前这卷画，是苏东坡当年看的那一幅，还是楼钥看到的李龙眠摹本？管他呢，这么好的韩干画马，当看就看，不虚此行。

新水墨艺术

　　香港艺术馆策划了一系列展览，以"香港艺术：开放·对话"为主题，呈现了当代艺术探索的重要议题。最近展出的，是《新水墨艺术：创造、超越、翱翔》，由金董建平策划，展出香港这半个世纪以来水墨画创新探索的成就，更提出了艺术探索打破常规、逾越疆界的问题，十分发人深省。我参加了开幕典礼，见到不少久未谋面的老朋友，并且仔仔细细观赏了展品，从丁衍庸、吕寿琨，一直到费明杰、蔡国强，想到了不少问题。

　　说到"水墨艺术"，当然是以水墨技法作画，也就是继承中国画的水墨传统，在现代做探新的创造发展。"新水墨艺术"展览之"新"，在于不少展出的艺术家并不使用水墨技法，而用"新水墨"技法，如费明杰以混合素材创作的有机植物、蔡国强使用火药爆炸造成宣纸烧灼的效果。这就引出了一个问题，混合材料做成的悬挂雕塑装置，以及火药爆炸产生的"类泼墨性"效果，可以称作"水墨艺术"吗？

　　策展人显然认识到这个表面就自相矛盾的问题。怕观众指责为"名不副实"，于是特别说明是"新水墨"，不是传统水墨，还提出"超越、翱翔"的概念，把这一批与传统技法相牴牾的艺术作品，归类到展览的最后一组，"水墨：是耶？非耶？"在整个展览的六组分类安排上，第一组"水墨导航"展出丁衍庸、吕寿琨、陈福善的作品，是从传统的大写意进入现代抽象画的开始；接着是"传统外象"，包括了王无邪、方召麐、刘国松的作品；再来的三类"城市人文的变奏""文字非文字""水墨新时空",还都大体上是使用水墨与纸张的现代艺术,甚至只是书法的变形探索。 这最后一组就不同了,已经超越了水墨的使用,标明这是水墨艺术探索的极限,不确定是不是还可以称作水墨了。

我跟策展人金董建平曾多次讨论过"新水墨"的定义问题,一方面同意暂时可用,算是策略性的权变,多少扭曲或拓展"水墨"的意义,打开一个创新的局面。 另一方面我们也都同意,这个称号不太恰当,但又暂时想不出更恰当的说法。我认为,坚持使用"水墨"一词,称之为"新水墨",而不用既笼统又简单的"现代中国画"或"中国现代画",虽然引发质疑,却能涉及传统书画内涵的意义,引起更深层的思考,对中国画家的艺术探索产生强烈刺激,使之迸发灵感,继续中国水墨画的精神。 或承袭,或颠覆,或扭曲,总之还有历史文化的脉络可寻,还在开创与拓展中国文化的艺术精神。

江启明的画境

　　江启明的水彩很特别，乍看之下，让人惊艳。　那感觉像是在街市突然见到一位异国佳丽，明媚的眼眸散发着 Flamenco 式的热情，身材妖艳玲珑如意大利 extra virgin 橄榄油滴落的姿态。　走到近前，再仔细一看，明明是天生丽质的中华美女，明目皓齿，秾纤合度，百分之百的祖国佳人，的确是倾国倾城之貌，同时又有一种娴雅的气质，再也错不了的。

　　江启明笔下的画面，从表面风格上来分析，不但不像中国的水墨画，也不像我们一般熟悉的水彩。　他的画深受现代摄影影响，单向定点透视，远近分明，深浅有致，既无朦朦胧胧的笔触，也无疏疏淡淡的意境，更不从轻盈的飘逸之中引领我们进入如诗如画的冥想。　他的画面鲜明精确，像高清精密的摄影作品，像"照相写实"一派所创造的"瞒眼艺术"。　但是，他用的技巧，不是现代高科技的摄影镜头，不是高科技喷枪的拟真手法，而是传统中国工笔画的笔墨。　打一个不太准确的比方，就好像是北宋的张择端活在当代，熟悉现代摄影科技，又行万里路，周游了世界，掌握世界各地的绘画传统，然后拿起自己熟悉的毛笔，不再画自己生活其中的《清明上河图》，而是放眼世界，精心描绘全世界山河大地的美景。

　　近来看到他的一批水彩与素描，主题是世界文化遗产。画家的足迹不但遍布中国，也探访了亚、非、拉、欧、北美各地，而且执着地一笔一笔画出这些人类最该珍惜的名胜古迹。可以看出，他挚爱文化遗产的热情，如一团火在他胸中燃烧，这驱动了画家的手眼，让他像虔诚的信徒对待信仰一样，用自己的艺术奉献给全人类承继的文化精华。 虔诚的信仰就能调动一切积极因素，调动一切艺术手段，竭尽自己的心力，全心扑在艺术创作上，画出心灵追求的最高境界。 这就让我联想到徐霞客，他的游记写得那么好，不但巨细靡遗，而且笔下生辉，创造了不朽的文学经典。 这主要是因为他深深热爱这一片人类赖以存活的山河大地，对每一道山脊、每一条河流、每一间庙宇、每一处古迹、每一个相遇的人物、每一棵参天大树，甚至每一片树叶，都充满了好奇与热爱。 在他的笔下，没有一处的山水没有自己独特的个性，没有一次游历不是充满了探险与发现的欢欣。 从江启明的画作中，我也得到了类似的感受。 我相信画家本人，在旅行作画的过程中，一定经历了更深刻、更触及心灵的感受。 只有如此，他才能通过画笔，通过艺术升华的媒介，把他虔诚而热切的艺术崇敬，展现给观者。

作为文化史家、作为关心文化传承的知识人，我在此向江启明先生致敬，感谢他对文化遗产的挚爱与关切，特别是他通过艺术手段，用中国传统笔墨，以世界文化遗产为题材，画出了媲美现代高科技喷枪画法的工笔山水画。

低俗影片

　　十多年前看过 Quentin Tarantino 的电影《低俗小说》（*Pulp Fiction*），当时就觉得很有趣，风格新颖，很有创意，好看。影片呈现洛杉矶黑道人物的众生相，抢劫、杀人、吸毒、诈骗、性虐待，剧情环绕着血腥暴力展开。然而，这部影片的呈现手法，充满了诙谐荒诞的场景，穿插着近乎无厘头却又可以自圆其说的对话，以及漫画式的夸张动作，制造了黑色幽默的审美距离，使人看了之后，心情轻松愉快，好像在溽暑跋涉的旅人，汗流浃背之后，洗了个"三温暖"，披着浴袍细品一杯酽茶，心情舒畅。

　　近来又有机会重看了影片，看完仍然感觉十分愉快，像在茶餐厅喝了杯上好浓酽的丝袜奶茶。而且联想到一些问题，自问自答了一番。是自己没长进吗？十几年前的影片，重看依然觉得出色当行，依然感到精神振奋，这是怎么回事？为什么看完一部内容充满滥杀滥打、吸毒嗑药、毫无"善恶到头终有报"意图甚至有意嘲讽道德说教的影片，会感到心情舒畅？而且不止高兴了一次，居然是一而再，还可能再而三？这种故事情节、这种结尾、这种隐含的暴力倾向，不就是古人说的"诲淫诲盗"吗？难道是影片诱发了观众潜藏的暴力倾向，通过艺术的虚拟情景，使人们长期压抑的邪恶得以升华，使人得到升华？我看也不是。

　　有位好友近几年来不遗余力，重炮轰击《水浒》，说此书败坏人心，鼓吹血腥暴力，是本"坏书"。用英文来说，就是pulp fiction，与 Tarantino 的影片如出一辙。我跟他说，二三十年前，我的学长孙述宇就把《水浒》定为"强人写给强人看的书"，以婉转口气重申了"诲淫诲盗"的批评。 说《水浒》诲盗、《红楼》诲淫，是过去道学先生的"一招绝"，以坚壁清野的方式，杜绝青年人接触不健康的读物（包括《三国》《水浒》《西厢》《牡丹亭》《红楼梦》，不胜枚举），以免低俗黄色的思想泛滥，污染了涉世未深"我好天真我好傻"的青少年。回想起来，也不知道我小时候是过度天真，还是过度成熟，就是喜欢读《水浒》，中学时期就已读了七八遍，故事滚瓜烂熟，兴致来了还设坛说书，讲给弟弟妹妹听，大家兴高采烈，"替天行道"一番。 直到今天，我们家里个个敬业乐群，没有哪一个遭到《水浒》的污染，成为血腥暴力的工具或牺牲品。反过来说，犯罪学家应该去调查一下，看有几个杀人犯好好读过《水浒》的？

　　艺术是很奇怪的东西，能使低俗的内容转化为高级的经典，生死人而肉白骨，化腐朽为神奇。

无　极

你问我《无极》好不好看？

我说还不错，比上个月的亚洲小姐竞选决赛精彩。不久前看到一个米兰春装展销节目，模特儿身材都好，摇曳生姿，款摆着飘飘欲飞的裙裾，颇有超尘遗世之感，不知是否同一批摄制组的产品？

故事好看吧？很有象征性的。记不记得那一棵绿色草原上盛放的花树？花瓣冉冉飞升，充满了天地之间，如天女散花，阎浮界不啻涅盘境。

我说没看出故事的名堂，不过，看到了花开不必遵循季候，雪落全随心意流转。有黑有白，有阴有阳，四象归两仪，两仪归太极，太极最终还是无极。很像我上课时给学生讲《老子》："人之生也柔弱，其死也坚强。万物草木之生也柔脆，其死也枯槁。故坚强者死之徒；柔弱者生之徒。是以兵强则灭，木强则折。强大居下，柔弱居上。"说来玄虚，还真有些民族本位的哲理。这就是电影叙述的象征手法吗？该哭的时候就笑，该笑的时候就哭，该活的就死，该死的就活。要不然就再洗洗牌，重组一下角色的关系。该哭的就笑了再哭，哭了再笑；该死的就活了再死，死了再活。唐代律诗发展到登峰造极，也是这个阴阳相生的道理：仄仄平平仄，平平仄仄平，平平平仄仄，仄仄仄平平，仄仄平平仄，平平仄仄平，平平平仄仄，仄仄仄平平。

没有人跟你讨论作诗的格律，我们在谈电影《无极》。大峡谷万牛奔腾那一幕，有气势吧？排山倒海而来，是大手笔吧？

的确不错，电脑特殊效果安排得很好。 不过，近些年的电影都搞电脑合成的特殊效果，《魔戒》《哈利·波特》如此，《英雄》《十面埋伏》也如此，看得有点发腻。 总觉得不是看电影，是看电脑技术员在表演现代科技的视觉应用程序。

那么，什么是电影？难道《无极》不是电影？

《无极》当然是电影，好坏暂且不说。 我是说这部片子故弄玄虚，空空洞洞，而企图以电脑科技的特殊效果冒充象征叙述。 一部好电影，不该只是摄影展加时装秀，应该有个感人的故事，不管是象征还是写实。《单车失窃记》固然感人肺腑，费里尼的《八又二分之一》一样撼人心弦；黑泽明的《生之欲》催人泪下，蔡明亮的《爱情万岁》更令人感受到欲哭无泪的苍凉。 陈凯歌自己的处女作《黄土地》，表面上没什么故事，似乎沉闷已极，却是气象万千的象征叙述影片。

到底《无极》好不好呢？

此时无声胜有声。

色与戒

　　近闻李安导演筹拍新片，选择了张爱玲的短篇小说《色，戒》作题材，不禁有点好奇。 心想，他拍《断背山》，其中涉及不少色欲冲动与难以持戒的场景，他是否因此而对肉身欲望这一普世问题所引出的疑惑产生兴趣，想通过电影艺术来探讨呢？ 老子说："吾所以有大患者，为吾有身；及吾无身，吾有何患？"有此肉身在，就有食、色之欲，就有难以克制的情况与处境。 老子的对付办法是极端虚无主义，"无身"即是"无肉体"，也就是死了，当然不必再为肉欲而烦恼。

　　倒是佛家对"色"与"戒"说得多，也探讨得深刻。

　　按照佛家说法，色有广狭二义。 广义指物质的存在，狭义指视觉所见。 我们熟悉的《心经》有"色即是空"一句，这里"色"指的是"眼耳鼻舌身"所涉的"色声香味触"五境，是广义。 中国人日常说的"色"，特别意指牵动色欲的视感，是狭义。 在佛家的说法，色欲是五欲之一，其中很重要的一环就是男女情欲的发展令人难以自持。

　　至于"戒"呢，一般指防止作恶的戒规，也就是控制自己的律条，有"五戒""八戒""十戒"各种说法，其中一大关键戒律就是"戒淫"或"戒邪淫"，也就是不要让情欲失控出轨。

　　因此，"色"与"戒"并列，作为故事主题，当然就是男女（或同性）恋情发展在规范与失控之间的纠缠。 起了色欲，或许是性欲冲动，或许是爱情向往，都会导致"大患"，违背了戒律，难以收场。 张爱玲的故事以轻描淡写的惨烈收场。李安的电影会怎么收场呢？

张爱玲的《色，戒》

张爱玲的短篇小说《色，戒》，过去很少人提起，近来却不断出现在新闻报道中，因为电影导演李安要以此摄制新片。我也因此仔细读了这篇小说，大为叹服李安的慧眼。

乍看之下，这篇小说结构及叙述都显得松散，与张爱玲早期的精雕细琢不同。仔细一读，不得了，是八大山人的写意手法，线条勾勒明快清爽，绝无赘笔，似乎是一挥而就，但却精准得毫发不差。表面看来是粗线条，只有一个框架，又随意点缀几句内心独白，好像是文明戏的脚本，加上演员自己的提示。细细琢磨才发现，张爱玲惜墨如金，处处留白，却布置得天衣无缝，留给读者无限的想象空间。

用现代的文类结构分析话语来说，则是电影语言的叙述手法为主脉，隔三岔五就塞上几段张派独有的玲珑珠玑，令人眼睛一亮。好像八大山人画鸟，除了苍茫之中的站姿戛戛独造，点睛之笔更是神游物外，别有丘壑，让你不由不服。

故事的结构与叙述呈现了扑朔迷离的情节，从牌桌到咖啡馆到小公寓，都有一层层虚实相间的光影。杯光钗影的缝隙，时不时又透露出娇艳欲滴的丰腴肌肤，引发色欲，考验角色与读者的定力。用佛家语，就是色相与戒持之流转不居。

读《色，戒》，最醒目的还是张爱玲独特的形容笔法。"她又看了看表。一种失败的预感，像丝袜上一道裂痕，阴凉的在腿肚之上悄悄往上爬。"这是患得患失的犹疑，还是怕错失了暗杀的机会？有别的作家（特别是男性作家）这样形容不祥之兆的吗？等到了对象，两人一道上车：

一坐定下来,他就抱着胳膊,一只肘弯正抵在她乳房最肥满的南半球外缘。这是他的惯技,表面上端坐,暗中却在蚀骨销魂,一阵阵麻上来。

是谁色心大动,把持不住?

这也就引向了最后的关键时刻,美人局色诱的目的是刺杀,可是,"他的侧影迎着台灯,目光下视,睫毛像米色的蛾翅,歇落在瘦瘦的面颊上,在她看来是一种温柔怜惜的神气"。还杀得下手吗?

结果是"挥一挥衣袖"式的惨烈,好像无声的影带突然断了。

张爱玲喜欢看电影,小说也有电影语言的痕迹。可惜,她看不到李安的《色,戒》了。

李安拍戏

李安在上海拍《色，戒》，邀我去看他拍戏，特别去看他搭的街景，是否与汪伪时期的上海景象契合。我刚好到复旦大学有点事，就约了一天早上去松江片厂，然后共进午餐，由他派司机来接。

这天下着雨，迷蒙的路途显得分外迢遥。我对司机说，这么远的路，辛苦了。大清早的，你已经送导演去片场一趟，又回来接我，真不好意思。司机说，导演四点多五点不到就过去了，要先安排布置，所以，让你多休息一下再去。我说，都是辛苦你。司机突然带着感慨的口气说，导演那么辛苦，对我们又客气，应该多做的。我见过的导演多了，没有一个是这么和气的。什么人要他签名，他都签；要合影，只要有空、不耽误事，就合影。我们也就替他想着，能做什么就做什么，不等他吩咐，怕他累着，怕他分心。真的没见过这样的导演，一点架子也没有。

我问，别的导演气焰盛吗？司机口气一转，愤愤然说，你不知道，有些人很不像话。没看见的，关起门来的，就不讲了。去年我给导演甲某开车，在拍戏的间歇，有些影迷围上来请他签名，你猜怎么？他脸一沉，大喊一声"都给我滚出去！"吓得那些小女孩花容失色，灰溜溜地散去。何必呢？你不签就算了，干吗骂人呢？何况甲导也不是怎么了不起的人物，架子那么大。我一个开车的，虽然没本事，也看不起他。

到了片场，七转八转，看到新搭的街景，范围真不小，上百家铺子，光是按六七十年前摆设的商品，就得花不少心思。

还特别做了一辆无轨电车，李安在那指手画脚，好像不甚满意，见到我，迎上来打招呼，介绍了搭的景，抱怨说工程太大，做旧不容易，进度拖延了。 回到他正在补拍的场景，让我坐在他身后，看梁朝伟与汤唯表演。 室内只有三个角色，可是窗外走动的临时演员却有十几个，身穿长衫大褂的，肩挑手扶的，引车卖浆的，不一而足。 拍摄的程序蛮有趣，摄影师先叫"好了"，调度再喊"可以"，提调大喊"开始"，李安则闷声喊"action"，就开拍了。 拍了一段，李安喊"cut"，就停下来。 导演又过去说戏，来来回回，有五六次之多。 我问，这场拍了几次？李安向场记问了问，九次。

吃午餐时，我问李安，演员怕不怕你？他笑了，说自己从导演椅上站起来时，演员就知道是要来修理他们，大概有点怕吧。

色之必要

　　李安的《色，戒》上演了，列作成人片，十八岁以下不宜。 我看了首映，冠盖云集，城中有头有脸的人物，政商学艺，都来到国际金融中心，观赏梁朝伟与汤唯在银幕上赤身上阵。 梁朝伟没出席酒会，说是在北京拍片，只有汤唯和王力宏像金童玉女，随侍李安大菩萨，在镁光灯下闪烁。 随后的报刊评论都说好，都说性爱场面拍得好，有必要"儿童不宜"。 有评论说，间谍特务时时刻刻生活在恐惧之中，随时有生命危险，只有"躲进小楼成一统，管他春夏与秋冬"，在肉体欢娱之际，他们才有"活着"的感觉。

　　《色，戒》所展现的抗战时代场景，不是可歌可泣的壮烈，不是慷慨就义的豪情，是从大特务易先生（梁朝伟饰）与女间谍王佳芝（汤唯饰）眼中看到的畸形与扭曲，色诱的下场是死亡，不是你死，就是我亡。 随时随地是死亡，是恐惧，是戒慎戒惧，如临深渊，如履薄冰，是死亡的黑色阴翳撒开一张铺天盖地的大网。 天网恢恢，疏而不漏，死亡是必然的结局，性爱则是偶尔疏漏的网眼。 在网眼中轰轰烈烈地进行一场阴阳交泰、水火相济，来肯定自己还活着，还能生龙活虎，以暂时的肉欲刺激超越死亡笼罩的恐惧。 看《色，戒》，我隐隐约约感到，导演内心存在色彩的隐喻，"戒"是死亡的黑色，是铺天盖地无处不在的，"色"是鲜血的猩红，生猛鲜跳，汩汩勃勃，是祭坛上的牺牲。

　　色之必要，性之必要，在《色，戒》中确有此必要。 我突然想起痖弦《如歌的行板》中的诗句："温柔之必要/肯定之必要/一点点酒和木樨花之必要/正正经经看一名女子走过之必要/君非海明威此一起码认识之必要/欧战，雨，加农炮，天气与红十字会之必要/散步之必要/溜狗之必要/薄荷茶之必要……"那是诗人读了海明威小说后的诗情，一切必要都是诗的必要，是感性的必要。李安读了张爱玲的《色，戒》，也有感性的必要、诗情的必要、拍电影的必要，就不可避免有色的必要、戒的必要、黑的死亡的必要、红的鲜血的必要、性爱的必要、"儿童不宜"的必要。

色之必要，性之必要。让我又想到近代儒家经典的扭曲：身体发肤，虽然受之父母，却属于党国，为了国家存亡，民族大义，不敢不毁伤。失节事小，亡国事大。不过，李安电影拍得好，牺牲小我是《色，戒》，完成大我是电影艺术。

张爱玲的魔障

张爱玲小说的艺术成就，有目共睹，也有文学评论家的共识，大家一致赞誉她为 20 世纪中国文学的瑰宝。 最早的慧眼来自傅雷，他 1944 年就以笔名"迅雨"撰文，称颂张爱玲善于营造气氛，笔下刻画的人物，"全部为男女问题这恶梦所苦，恶梦中是淫雨连绵的秋天，潮腻腻，灰暗，肮脏，窒息与腐烂的气味，像是病人临终的房间"。 夏志清在《中国现代小说史》中称誉张爱玲，给予最多的篇幅，俨然把她捧作中国近现代文学最灿烂的一颗明星。 王德威讨论当代中文小说创作时，誉之为"祖师奶奶"，说她糅合新旧海派的"紧俏风流"与"哀顽幽艳"，又能吸收西欧新颖文艺的奇技淫巧，影响了好几代的作者、读者、学者，流风至今未息。 其实，不只是文学界受到"张派"文风左右，电影界也不断改编张爱玲的作品，最近李安编导的《色，戒》就是个显例。

然而，张爱玲独创的末世华丽之后的苍凉风格，却成了一面文字的魔障，虽然造就了文学杰作，却阻碍了她电影剧本写作的创新探索，更使得改编她作品为电影剧本的人掉进文学取代电影的陷阱。 张爱玲从小就酷好电影，爱看电影，也投身电影剧本的创作，编写过许多作品。 20 世纪 40 年代她就在上海编写过《不了情》与《太太万岁》，卖座甚佳；50 年代以后，又为香港电影影片公司写过《情场如战场》（1957）、《人财两得》（1958）、《桃花运》（1959）、《六月新娘》（1960）、《南北一家亲》（1962）、《小儿女》（1963）、《一曲难忘》（1964）、《南北喜相逢》（1964）等八部电影，都相当受欢迎。

但是，这些电影作品，基本上跳不出通俗娱乐的范畴，虽然票房叫座，但在电影艺术上没有可圈可点之处。为什么？为什么才华洋溢的张爱玲写不出传世的电影剧本？

再者，当张爱玲的文学作品成为公认的现代经典之后，许多都被改编成电影剧本，如许鞍华导演的《倾城之恋》（1984）、但汉章导演的《怨女》（1988）、关锦鹏的《红玫瑰与白玫瑰》（1990）、许鞍华的《半生缘》（1996）。编导都投入了全副精神，竭尽一切影视艺术手段，企图在银幕上呈现张爱玲苍凉世界的魅力。然而，影片都不太成功，艺术效果与编导改编时的创作雄心相距甚远，以至于电影界流传一种说法，"张爱玲碰不得"。为什么？为什么一碰张爱玲，就如此容易失败？2007年，李安的《色，戒》登场，夺得威尼斯影展金狮奖，享誉国际，又在海峡两岸暨香港造成轰动效应，人人争说色与戒。为什么？李安为什么会成功？他做了什么，打破了"张爱玲碰不得"的魔障？

说来话长，只好简单说，即是文字艺术与电影艺术不同，艺术形式不同，因此专注点不同，创作思维所要探索及突破的面向也不同。以文字的明喻、暗喻、象征及意象构筑与烘托来营造的气氛，在电影艺术的探索上就成了不可逾越的魔障。越是执着于张爱玲的文字，就越容易掉进陷阱，不能自拔。李安看到了这一点，追寻自己想要探索的人间处境与情欲关系，拍自己的电影，不管张爱玲的冷酷与苍凉，也就超越了她的文字魔障，"不太张爱玲"，没有掉进陷阱，而创作出《色，戒》这样一部属于李安自己的影片。

睇《色，戒》

李欧梵最近在香港出了一本书，《睇色，戒》，十分讨巧，暗藏机锋。 一般人乍看，以为是用了个广东方言"睇"字，暗示在香港看《色，戒》这部电影的特殊角度。 其实，全书大有深意，"睇"字也正好反映了《色，戒》作为一部电影（李安）及其原作（张爱玲）错综复杂的关系，从而展示了电影与小说既有承袭，更有创新与超越的关系。"睇"字的古义是"顾盼流眄"，是含情脉脉地从这边看过来，又从那边看过去，像汤显祖《牡丹亭·拾画叫画》中的柳梦梅，拿着一幅梦中情人的画像翻来覆去地看，还看出美人也在画中睇望着他。《楚辞·九歌·山鬼》有这样的句子，"既含睇兮又宜笑"，也是这个意思，看人的与被看者相互吸引，充满了神秘的诱惑，却又心有灵犀一点通。

不论是张爱玲的原作小说，还是李安改编的电影，《色，戒》在两种不同的艺术呈现中，都充满了神秘的诱惑与诡谲的跌宕。 故事当然是虚构的，但隐隐约约透露与历史背景的联系，让索隐派人士读得心痒难熬，非要掉进诱惑与跌宕的陷阱不可。 李欧梵"睇"《色，戒》，睇完了文学层面，睇电影层面，睇完了艺术虚构领域，睇历史领域，给我们提供了多面观察的视角。 我们看完了这本书，可以心里有个数，了解艺术创作的过程不是影射历史，刻画虚构人物的心理并非为了颠覆历史真相。 当别有用心的人开始胡言乱语，以心怀叵测的手法批评电影《色，戒》的时候，当艺术论述又开始"政治挂帅"、上纲上线、蛊惑人心、硬把艺术虚构的人物拉到历史真实中去对号入座的时候，当混淆视听的攻击指向"汉奸文学"与"汉奸电影"，甚至赤膊上阵斥责张爱玲是汉奸、李安是汉奸、演员也是汉奸的时候，这本书却能心平气和、有条不紊地提供了细致的分析，告诉我们，应该如何对待褒贬不一的评论，应该如何分辨什么是历史、什么是文学艺术的素材、什么是文学艺术的创作虚构、什么是电影艺术的创作源泉、什么是从文字到影像的艺术转化、什么是电影艺术的审美追求、什么是艺术虚构与历史真实的区分。

中国近百多年来的民族屈辱，经历了各式各样不太成功的革命之后，除了产生一批又一批遗老遗少，还制造了一群又一群的"愤老"与"愤青"，这些人纠缠于义和团式的爱国爱乡爱土情结，充满了孤臣孽子式的恨天恨地恨人情绪。一会儿叫着"扶清灭洋"，一会儿是"驱除鞑虏"，一会儿"哇台湾郎爱台湾"。有时抵制日货，有时抵制美货，却又打心底不爱用国货。民间积累了许多无处宣泄的怨气，一遇到不顺意的情况、看不顺眼的事或听不顺耳的话，就山呼海啸一般，以暴戾的方式大举进攻，也不管对象有没有恶意，先打他个稀巴烂，往死里整，发泄自己的无明怨气。

《色，戒》只是张爱玲的一篇小说，被李安改成了一部电影，他从艺术角度探索人性的脆弱，能够有那么大的能耐，祸国殃民，引导人们做汉奸，颠覆中华民族的核心价值？我们的心灵未免太过脆弱了吧，还没见到历史现实，只接触到艺术虚构，就已濒于崩溃、开始抓狂了。

为虎作伥

张爱玲的小说《色，戒》，因被李安改编成电影，陡然红遍了华人世界，人人争看。余风所及，近来又有了新的英文译本，由纽约兰登书屋（Random House）的 Anchor Books 出版。封面是电影剧照，梁朝伟一脸深沉，目光凝聚成一个疑团，不知在看什么。汤唯则侧身回望，眼神露出一丝狡狯，好像胸有成竹，掌握了色欲与阴谋的分寸。书名"色，戒"，用的是电影海报的设计，"色"与"戒"之间还有区大为刻的一方图章，鲜红得惊心动魄。

封面顶端的介绍是："现已由奥斯卡金像奖得主、《断背山》导演拍成大片。"列明作者是张爱玲，底下紧跟着就是："李安书跋。"宣传手法非常明确，就是以电影的卖座来带动文学阅读，好像是告诉读者：买这本书吧，都拍成电影了，是大导演拍成电影的故事，岂可不读！

李安的跋，特别提到了张爱玲遣词用字的精确与残忍，正是这一点吸引他一读再读，最后拍成了电影。书中写易先生用"为虎作伥"来形容男女关系，让李安一再思考这句成语的文化深层意义。中国民间传说，老虎吃了人，被吃的就变成跟随老虎的鬼魂，专门帮着老虎来害人，就是"伥"。因此，书中的王佳芝，活着是易先生的人，死了是他的鬼，也就是他的"伥"。李安不禁又反过来想，或许王佳芝遇到易先生之前就是"伥"，现在是勾引易先生，让他一步一步走近虎口。

这么翻来覆去地想，李安又想到"伥"与"倡""娼"同音，也可以联想出一段情节，并赋予象征意义。电影里有一景，易先生在日本酒馆里说自己是日本人的"娼"。同音类推同义，也就是"伥"，他不但卖身给日本人当"娼妓"，还帮着日本人残害中国人，为虎作伥。所以，易先生根本不是人，是鬼，是替老虎找人来吃的"伥"。

李安的联想还不止于此。他还自问，我们看张爱玲小说看得痴迷，是不是都成了张爱玲的"伥"？张爱玲写《色，戒》，翻来覆去地写，写了改，改了写，是不是也成了故事人物的"伥"？而改编故事的李安，导演出一部脍炙人口的电影，岂不是"为伥作伥"了？那么，我们这些观众，这些被电影吸引的人们，又是怎么一回事呢？"为伥之伥作伥"？

好在李安在跋的结尾说，这一切联想都不是为虎作伥，而是为了开拓自己的心灵，体会世界上纷纭瞬变的人间处境，让我们追求高尚的意义，追求艺术，追求真理。

龙泉青瓷

　　千里跋涉，来到这片溪谷，眼前是低矮葱绿的山坡，夹着一条清澈的山溪蜿蜒穿过。　前前后后都是山峦，起起伏伏一片翠绿，山清水秀，真是避世静修的好地方。　朋友说，到了到了，就是这里。

　　杂树茅草之中，铁栏门上卡着一把大锁，一条人工修整的小径通向工棚，以及平整过的考古工地。　这里就是龙泉窑大窑的枫洞岩窑址，全国重点文物保护单位，也就是从宋代一直烧到明代，生产温润如玉的翠青色龙泉瓷的场地。　绵延十几里的葱绿，挖出一千多平方米的考古工地，十分碍眼，好像一匹翠绿的绸缎当中挖了个参差不齐的大洞，杀风景。　仔细想想，此地当年是一片窑场，从早到晚火光熊熊，山坡挖得像瘌痢头一样，平地上堆满了烧好的青瓷，更多的是烧坏的废品及匣钵，那风景也好不到哪里去。　朋友说，这一片山峦，沿着溪流的坡地，当年都是瓷窑，而且地层显示不同时代的窑址前后叠压，明代的瓷窑压着元代的，元代压着宋代，好像历史文物在那里叠罗汉，以杂技表演的方式，呈现出龙泉窑多彩多姿的演变形态。

　　来到龙泉窑址之前，我实在没想到，光在大窑（也称琉田、刘田）这一个地方，古代烧窑业可以布满溪谷，绵延十里之远。　心中不禁起了疑惑，古人大概也是"有钱能使鬼推磨"，利之所趋，不管环保不环保的，大肆砍伐山林当柴火，挖掘泥土作瓷胚，制作出我们今天奉为珍宝的龙泉青瓷。　好在手工业破坏自然的能力有限，没有机械工业的助纣为虐，人类破坏自然的本领还比不上自然生生不息的恢复能力。 所以，尽管从宋代烧到明清，这片山林还能提供可持续发展的环境。

走在回填的考古工地旁边，看到土坡上全是碎瓷。 捡起一片，粉青的釉色在阳光下发出耀眼而迷人的光芒，展示了古典的淡雅，这是南宋的龙泉瓷。 再捡起一片，厚厚的松青色绿釉，覆盖着稍厚一些的瓷胎，温润浓郁，像一朵翠玉雕成的牡丹，啊，是元代龙泉。 在挖掘回填的工地上，在已经废弃的填土区旁边，这么一路看，一路捡，居然琳琅满目，捡起了小半袋宋元明的历史记忆。 有一只破碗，只剩碗底了，却完完整整保留了贴花的两条小鱼，釉色明亮，鱼尾似乎还在微微颤动。 我从泥堆里捡起，抹去了旁边的污泥，觉得自己回到了元代，在来龙泉路上经过的富春江畔，和黄子久老兄一道饮酒赋诗，一道濯足垂钓，一道钓起了这两尾江鱼。

夜半无人私语时

白居易《长恨歌》结尾的几句，是大家耳熟能详的海誓山盟，真可谓老妪都解。流传至今，还时常被一些有情人引用，写入淡紫色微带茉莉花香的信笺里，也不知是为了炫耀自己博学多才，能够引用唐诗，还是自嗟多情种子，为海枯石烂此情不渝而感伤？"七月七日长生殿，夜半无人私语时；在天愿作比翼鸟，在地愿为连理枝。天长地久有时尽，此恨绵绵无绝期。"

夜半无人，卿卿我我，私语着最甜蜜、最温馨的情意。无尽的缠绵，无穷的哀怨，让人灵魂摇荡，感到最深刻、最真挚的凄美与浪漫。

史学大师陈寅恪读到这里，突然说，不对，这里存在问题。

什么问题呢？诗里写的是唐明皇与杨贵妃两个人，"夜半无人私语时"。他们互相诉说着心神摇漾的甜言蜜语，怎么不对了呢？

陈大师说，就空间看，华清宫的长生殿是斋殿，是帝王斋戒沐浴、清心寡欲之后祀神的地方。其他宫里，也有长生殿，但是是卧殿，是帝王病重之后移住的地方。也就是说，长生殿里不适合谈情说爱，根本不可能成为海誓山盟之地。换成现代的情景，大概就像一对恩爱的老夫少妻，跑到忠烈祠里去倾诉爱情，实在有悖情理。

陈大师还说："就时间看，七月七日，自为夏天，玄宗是不会临幸长生殿的，因为此殿在华清宫。"

为什么确定是在华清宫，而不在别处？因为陈鸿的《长恨歌传》明确说到，天宝十载，杨贵妃陪侍唐玄宗，避暑骊山下的华清宫，在七夕之夜密誓，愿世世代代为夫妇。到华清宫去避暑，就是弄错了唐玄宗起居移跸的时间。

　　华清宫有华清池，是杨贵妃出浴之处。"春寒赐浴华清池"，时间是对的。洗温泉是为了治病，是医学上的行为。到了唐玄宗时，温泉以治病为主，兼有游憩作用。温汤治病，必在寒冷季节，玄宗临幸华清宫，杨贵妃泡浴华清池，"当在冬季或春寒时节"，不会在夏天，不会在七月七日。因此，"夜半无人私语时"，时间、空间皆错。

　　史学考证如剥洋葱（古人则说"抽丝剥茧"），一层一层揭露真相，揭到最后，原来唐明皇与杨贵妃不曾在牛郎织女相会的七夕之夜，不曾在夜半无人的长生殿里，倾诉过天长地久。洪昇写《长生殿》，写到《密誓》一折的呕心沥血，原来只是历史的误读。

　　可是，作为白居易《长恨歌》的读者，作为洪昇《长生殿》的观众，"七月七日长生殿，夜半无人私语时"，是多么浪漫、温馨、可爱。陈寅恪景仰的王国维说过："可爱者不可信，可信者不可爱。余知真理，而余又爱其谬误。"奈何！

茶具的审美学

常有人问我，什么样的茶具最能代表中国的茶道？也有人问过我，是不是中国只有茶艺，日本才有茶道？又问，日本茶道有一整套的规矩，特别珍爱茶具，还有视若拱璧的天目茶碗，中国人喝茶，特别珍爱什么样的茶碗呢？

这样的问题看来简单，却非三言两语能说得清楚。因为日本茶道的发展，大体说来，只有一条脉络，就是源自中国的唐宋茶道；而中国茶道的发展，在不同的历史阶段，崇尚的方式与风格有所改变，形成了唐宋茶道与明清茶道两种不同的风格。喝茶的方式不同，珍爱的茶具也就不同，连茶碗的质地与颜色也"与时俱进"。所以，说来话长。

唐宋时期上层社会喝茶，主流的方式是把茶饼碾成茶末，然后烹煮或点泡，可称作"研末煎点"法。日本人有系统学习茶道，学的就是这一套规矩与程序，虽有后世的变化，如千利休的"和敬清寂"之道，但万变不离其宗，就是"研末煎点"法。日本人在北宋开始系统学习茶道时，中国正流行"斗茶"，就是把茶末在茶碗中击打成沫饽，好像浮起一层白蜡一样，当时人称之作"乳花"或"粟粒"。为了得到这样的效果，如宋徽宗说的"疏星皎月，灿然而生"，茶碗最好是黑色的。蔡襄在《茶录》中说得最清楚："建安所造者绀黑，纹如兔毫。其坯微厚，煨之，久热难冷，最为要用。"因此，建盏黑瓷，就成了宋代最为崇尚的茶碗。

虽然建盏出自福建，也称建窑，但是日本人却是在浙江天目山中的寺院（主要为径山寺）里学的茶道，因此，就讹称这种厚胎黑釉的茶碗作"天目碗"。这种叫法一直流传到现在，连一些爱好茶道的中国人也以讹传讹，看到建盏就大呼"天目"。

元明以来，中国人喝茶的习惯改变了，不再喝碾成末的茶汤，而要品尝炒焙清香的新茶。不再以击打出沫饽为佳，而要看到雀舌旗枪的嫩叶嫩芽载浮载沉在茶碗之中。那么，最好的茶碗当然必须是细瓷白碗，以衬出碧绿的茶叶，飘散扑鼻的茶香。这也就是青花白瓷变成士大夫的钟爱的主要原因，很实际，可以作为审美物质基础论的最好例证。

可是有些人不能通古今之变，不明白唐宋饮茶方式与元明以来之不同，便大感疑惑。明末学者谢肇淛在《五杂俎》中，就不懂蔡襄说"茶尚白，故宜于黑盏"，大发疑问："茶色自宜带绿，岂有纯白者？即以白茶注之，黑盏亦浑然一色耳。何由辨其浓淡？"屠隆也有同样的疑问，总觉得蔡襄说得不合理。倒是写《茶疏》的许次纾毕竟是专家，明确指出，时代变了，茶具也变了："茶瓯古取建窑兔毛花者，亦斗碾茶用之宜耳。其在今日，纯白为佳，兼贵于小。"

说俗了，就是喝什么样的茶，用什么样的碗。宋代茶道以斗白色沫饽为目的，茶碗的审美标准就是建窑黑瓷；明清喝茶以碧绿的嫩芽嫩叶为主，茶碗的上品就是景德镇的青花或德化的白瓷。也不知道崇尚唐宋茶道的日本人，听不听得进这种通俗的道理？

以此类推，若问今天喝龙井或碧螺春，什么样的茶碗最合适？附耳过来，别告诉别人，答曰：玻璃杯。

风雅品味

晚明社会经济发展得很快，特别是在江南地区，一部分人先富起来，便有文人雅士在物质富裕的基础上，发扬"小资情调"，讲究吃喝玩乐——而且是高品味的吃喝玩乐，在日常生活的每一件小事中寻找风雅的乐趣。文徵明的曾孙文震亨写过一本《长物志》，就是追求此中情趣的高手。现代的"小资"信徒，喜爱此调的雅痞都应该读读这本书，才知道什么叫"人外有人，天外有天"。

明朝人讲究日常起居，讲究家具，讲究喝茶，其实是在小处注意每一个细节，让整体环境的美感不存在瑕疵，不容许一丁点龌龊或污秽破坏了整体的风雅。说得俗一点，就是不容许一颗老鼠屎坏了一锅粥。有时看到现代小资人士，打扮入时，从头到脚都是欧洲名牌，走出五星酒店光鲜照人，却"噗"的一声，向马路上吐了一口痰，让人感叹世风日下，风雅不再。

想要体会古人讲的风雅氛围，不妨看看许次纾《茶疏》说喝茶的场合与禁忌。他说以下的场合才适合饮茶：

心手闲适。披咏疲倦。意绪纷乱。听歌闻曲。歌罢曲终。杜门避事。鼓琴看画。夜深共语。明窗净几。洞房阿阁。宾主款狎。佳客小姬。访友初归。风日晴和。轻阴微雨。小桥画舫。茂林修竹。课花责鸟。荷亭避暑。小院焚香。酒阑人散。儿辈斋馆。清幽寺观。名泉怪石。

什么意思呢？就是可以引发诗情画意联想的情景，饮茶其中，才有情趣，才有艺术意境的感受。

禁忌分两种，"不宜用"是直接破坏情趣与意境的器具或人物：

> 恶水。敝器。铜匙。铜铫。木桶。柴薪。麸炭。粗童。恶婢。不洁巾帨。各色果实香药。

"不宜近"的是间接影响环境的事物与空间：

> 阴室。厨房。市喧。小儿啼。野性人。童奴相哄。酷热斋舍。

许次纾对身边细节的注意，基本上是从个人心境会不会受环境影响或干扰出发，目的是营造一种适合平和闲适心情的整体氛围。如此饮茶，才能体会喝茶的乐趣，才能上升到高雅的境界，才是风雅品味。

不知道现代追求品味的小资人士，是否可以从许次纾对细节的挑剔中得到启发，提高品味？不过，首要条件还得读点古书，读得通古文。